本物の聖女じゃないとバレたのに、王弟殿下に迫られています 2

葛城阿高

B's-LOG BUNKO
ビーズログ文庫

イラスト／駒田ハチ

Contents

Honmono no seijo janai to baretanoni,
Outeidenka ni semarareteimasu 2

1 章 ◆ 兄、来たる 006

2 章 ◆ 王宮にて 051

3 章 ◆ 黒詐欺師 vs 白詐欺師 118

4 章 ◆ 羞恥心に打ち勝つには 192

◆ あとがき 253

テオフィルス・
アンヘル・オルサーク
レグルスレネト王国王弟。
セルマを偽者と疑って
いたが、彼女の本性を
知ってからは
溺愛モードに!?
セルマ
ナミヤ教の聖女。
「聖なる力」で信者たちを
救う……とされているが
実際力はなく、
持ち前の洞察力で
聖女の地位を築く。

人物紹介

Character

Honmono no seijo janai to baretanoni,
Outeidenka ni semarareteimasu

ラーシュ

ナミヤ教の神官。
次期団長候補と目されている
エリート。

ティグニス・ユシェ・レグルス

レグルスレネト王国国王。テオの兄。
かつて荒廃する国を救った救世主。
頭脳明晰で食えない人物。

イェリン・ガイラルト

王国西部の街
コルチリーを治める
ガイラルト家の令嬢。

エトルスクス

ナミヤ教の現団長。
セルマを拾って
育ててくれた恩人。

1章……兄、来たる

1

ベランダの手すりに寄りかかり、私は外を眺《なが》めていた。

空は快晴、空気が澄《す》んで王都トリンザがよく見える。神殿《しんでん》へ続く上り坂には巡礼《じゅんれい》に訪《おとず》れた信者たちが大勢。

案内係の輔祭《ほさい》に親しげな挨拶《あいさつ》をしている老人は、週に四度はやってくる常連さん。信心深いというよりも、彼の場合は健康のため。ヲウル神殿へ続く坂はちょうどいい散歩コースになるのだ。

参道《さんどう》を進む緑色のカーテン付き馬車は、麓《ふもと》の街コルピピアに住むクヴァーン卿《きょう》のもので間違《まちが》いない。彼はアピオンさまが団長をしていた頃からのよき信者の一人だったが、昨年私がご令孫《れいそん》の悪魔祓《あくまばら》いをしてからは、毎週欠かさず礼拝にやってくるほどのより熱心な信者になった。

神殿の門が西向きなので、南向きの私室のベランダからは見えて参道や神殿付近を歩く人の姿まで。でも、それで十分だ。

私は聖女。聖なる力により未来を予知し、人の心を読む存在。……とはいうものの、実際には聖なる力など持っていない。持ち前の洞察力《どうさつりょく》で推理したことをそれっぽく語っているだけの、虹色《にじいろ》の瞳《ひとみ》と聖痕《せいこん》によく似た傷痕《きずあと》を持つ平凡《へいぼん》な娘《むすめ》なのである。

だからこそ、私は日頃《ひごろ》から鍛錬《たんれん》を欠かさない。初めて出会った人はどんな性格でどんな人生を歩んできた人物なのかをまず見るし、今のようにこうやって、道を行く人々の背景などに何気なく思いを馳《は》せたりもする。

――あら？　あそこにいる人って……。

私は会った人の顔と名前を忘れない。だから神殿を訪れる者の大半は覚えているのだけど、その中でも特に珍《めずら》しい人物を見つけた。

弧《こ》を描《えが》く太い眉《まゆ》と、口輪筋が弱いのか年齢《ねんれい》の割りにほうれい線が目立つ口周り。三年前、王宮を訪れた際に見かけた近衛騎士《このえきし》だ。

神殿の敷地《しきち》や参道を見回すと、他にも騎士の顔を見つけた。そしてみな、騎士服ではない。平民に変装しているようだ。

――なるほど……そのうちとは思っていたけど、今日がその日ってわけね。

「セルマ、入るぞ」

私が一人で気づきを得ていると、扉《とびら》を開けて誰《だれ》かが室内に入ってきた。誰かというか……テオだ。

「こんなところで何をしているんだ？　まだ季節的に寒いだろうに」

「別に何も。ただ眺めているだけよ」

レグルスレネト王国国王ティグニス・ユシェ・レグルス陛下《へいか》の実弟《じってい》にして、ナミヤ教団聖女付き輔祭のテオフィルス・アンヘル・オルサーク。ノックせず、許可も待たず勝手に部屋に入ってくる人物は、どこを探しても彼くらいなものだ。

ついでに、腹から出された張りのあるこの声、私はそんなに嫌《きら》いじゃない。

そろそろ室内に戻《もど》るか、と思いつつ動くことを少し億劫《おっくう》に感じていたところ、肩《かた》に柔《やわ》らかい布がかけられた。この色と手触りは、椅子《いす》の上に置いていたストールだ。

「……ありがとテオ」

「いいんだセルマ」

テオは私の隣《となり》を陣取《じんど》り、嬉しそうにベランダの柵《さく》に腕《うで》をかけた。

――え、お礼を言っただけでこんなに上機嫌《じょうきげん》になっちゃうの？

眉を顰《ひそ》め一瞥《いちべつ》すると、ニッと笑ったテオが背を丸め私に顔を近づけた。そしてためらいもなく私の頰《ほお》にキスを落とす。

――いや待て、なぜそうなる！

勝手に部屋に入るのはいい。勝手にソファに座るのも、勝手に私の隣に立つのも。でも、キスはダメ。違《ちが》う。これぱっかりは看過《かんか》できない。

私は慌《あわ》ててテオを押しやり、物理的な距離《きょり》を取った。

「そういうのやめてよ、誰かに見られでもしたら困るじゃないの。……見る人がいないならいいってわけでもないけどね？」

ナミヤ教的には聖職者の恋愛《れんあい》も婚姻《こんいん》も自由だ。しかし教団のシンボルたる聖女が慎《つつし》みのない振《ふ》る舞《ま》いをするなんて、よろしくないに決まっている。

一ヶ月前、私はテオを好きだと唐突《とうとつ》に自覚し、何の弾《はず》みかキスまで交わした。

でも、あの時の私はどうかしていた。そうだ。絶対にそう。

さりげない優《やさ》しさにドキッとさせられたり、整った顔で笑いかけられたりしたらグラッと来ないこともない。しかしながら、それだけだ。我に返った今の私は、テオとどうにかなりたいとはまったく思っていないのである。

だというのに、テオときたら……！

冷たい言葉で突《つ》き放《はな》してみたものの、テオはちっとも悪びれておらず、ははは と明るく笑っていた。

「見られたら困る？　冗談《じょうだん》はやめてくれ、問題ないに決まってる。なぜなら俺たちはもう恋《こい》び——」

「とになった覚えはないわよ」

案の定、テオは目を丸くする。

「え？ 恋人ではないのか？ キスだってしたのに!?」

——ショックを受けた表情も、愛嬌があってかわいいけれども。

私はテオに面と向かって問いただす。

「逆に聞くけど、キスをしたら恋人になるの？　その理屈《りくつ》なら、悪魔祓いで私があなたに初めて『祝福の接吻《せっぷん》』をした時点で、私たちは恋人同士になっていなくちゃならないけど。そこの認識《にんしき》はどうなっているの？」

悪魔祓いを始めた当初、私たちの仲は最悪だった。それはテオにも心当たりがあるはず。何しろ、当時の彼は私のことを敬意ゼロで「おまえ」呼ばわりしていたのだから。

「それは……あの時の俺はセルマにかなり腹を立てていたし、恋人ではなかったが――」

私の誘導《ゆうどう》によりテオがしどろもどろになっている。いい具合だ。

「でしょう？　恋人じゃなくてもキスをするの。つまりキスをしたからといって、私たちが恋人になったと考えるのは違うわよね。じゃ、わかったら離《はな》れて」

祝福の接吻はキスであってキスではない――とは、昔私が捏《こ》ねた屁理屈《へりくつ》。それと矛盾《むじゅん》することになるが、私があまりにも自信満々に語るので、テオは己《おのれ》の記憶《きおく》違いだと認識してしまったのだろう。

ところが彼は諦《あきら》め悪く、私の手をぎゅっと握《にぎ》った。

「ならば改めて告げよう。俺はセルマと恋人になりたい。なろう」

「ごめんなさい、お断りよ」

前向きで、一途《いちず》で、粘《ねば》り強《づよ》い。諦めずに努力を積み重ねられるのはテオの長所だ。だから剣《けん》の腕も上がったし、私にフラれてもめげない。……そう、こんなふうに。

「では結婚《けっこん》はどうだ？　しよう」

「いや展開が速すぎるでしょ……」

断るに決まっている。この流れで私が承諾《しょうだく》するとでも思っているのだろうか。どうしてそんなに自信に満《み》ち溢《あふ》れている？　どこで育まれた自己肯定感《じここうていかん》？

――そもそも、プロポーズってこんなに軽率《けいそつ》にしていいものだっけ？

テオが嘘《うそ》をつけないことは、私が一番よく知っている。だからテオの「結婚しよう」も、嘘偽《うそいつわ》りない彼の本心なのだろう。

だけれども、私とテオの婚姻が一体どんな意味を持ち、どんな問題を発生させるのか、彼は考えていない。そこが一番ひっかかるのだ。

「こういうことは勢いが大事だろう？　セルマは少し考えすぎだ」

まるで私がおかしいみたいに、テオは肩を寄せため息を吐《つ》いた。……心外だ。

「私に言わせれば、あなたの方が考えなすぎなのよ」

テオのことが嫌いなわけではない。むしろ好きだ。だから彼から繋《つな》がれた手をいまだ振り解《ほど》けないでいるし、彼がそばにいることに心地《ここち》よさを感じたりもする。

でも、私はこれ以上を求めていない。現状で十分なのだ。

――エトルスクスさまかティグニス陛下あたりに「テオとくっつけ」と命令されたら、まぁ聖女として受け入れるのはやぶさかではない。でも、そういう状況《じょうきょう》ではないし。

収穫期《しゅうかくき》の麦畑みたいに鮮《あざ》やかで、人目を惹《ひ》きつける金髪《きんぱつ》。性格そのままのまっすぐな眉。見上げた瞬間《しゅんかん》テオと目が合った。一気に彼の眉尻《まゆじり》が下がり、「ん？」と言いながら私に言葉を促《うなが》してくる。

「何か俺に言いたいことがあるのか？　愛の告白ならいつでも大歓迎《だいかんげい》――」

「そんなことより早く私を連れていかなくていいの？　エトルスクスさまが私を呼んでいるからここに来たんでしょう？」

「……！」

埒《らち》が明《あ》かないので、話を切り上げることにした。私が言い当てるとテオは本来の目的を思い出し、バツの悪そうな表情をした。その隙《すき》に手を離し、さっと部屋の中へ戻る。

ストールを元通り椅子に掛《か》け、代わりに法衣《ほうえ》を羽織り、普段《ふだん》使いのものよりも大きな石のついたヘッドティカに替え……そうしているとテオが不思議そうに尋《たず》ねてきた。

「……セルマ？　エトルスクス殿《どの》のところへは？」

「行くわよ。その前に大切な準備をしているの」

テオを振り向き自分の首元をトントンと指で示す。

「あなたも襟《えり》がちょっと折れてる。服装を正しておいた方がいいわ」

「服装を正す？　そこまでする必要があるか？」

私は頷《うなず》き断言する。

「ええ、あるわ。今日はね」

「そ、そうか。ありがとう……？」

姿見の前を交代し、テオの背後で人知れずため息を零《こぼ》す。

——気を引《ひ》き締《し》めなくちゃ。まぁ、でも、テオがボロを出すんでしょうけど……。


「エトルスクスさま、セルマが参りました。失礼いたします」

ナミヤ教団団長の執務室《しつむしつ》へ、テオとともに入室した。二人並び、机の前に立つ。

催《もよお》し事の折にしか着用しない法衣を羽織った私の姿を見るやいなや、エトルスクスさまが眉を顰めた。どうして正装をしているのか、と訝《いぶか》しんでいる様子だ。

「あら？　ティグニス陛下はどちらに？」

わざとらしくキョロキョロとしてから、私はエトルスクスさまに尋ねた。背の高い家具は壁際《かべぎわ》に設置してある書棚《しょだな》くらいしかないので、見回さなくても陛下がここにいないことは明白。だから単なるフリである。

でも、そのフリに一番驚《おどろ》いたのは私の隣に立つテオだ。

「兄上が？　セルマ、兄上がいらっしゃるのか？　ここへ⁉」

「そうよ。もう間もなく」

私は予定を知っていたかのように、当然のごとくテオに告げた。しかしエトルスクスさまはおや、と小さな声を発し、苦笑いとともに首を傾《かし》げる。

「半分当たりで半分外れ、といったところか。セルマにしては珍しいな。確かに陛下はこへお越《こ》しになるご予定だが、今朝受け取った書簡には昼前になると書いてあった。だからまだ時間があるのだ。せっかく正装までしたのに、少し早すぎたな」

いくら聖女でも間違える日くらいあるものだ、とエトルスクスさまは私を励《はげ》まそうとしてくださったが、私には無用の気遣いだ。

「エトルスクスさま。わたくしの予知は外れませんわ」

私が堂々と告げると、彼はみるみる顔を青くして、慌てて椅子から立ち上がった。

「もももしや、陛下の到着《とうちゃく》のご予定が早まったのか⁉」

慌てて何かをしようとして、右に進もうとしたり左に進もうとしたり、己の服装を確認《かくにん》してみたり。と同時に扉をノックする音が響《ひび》く。

「エトルスクスさま、ティグニス国王陛下がご到着なさいました！」

準備が間に合わないことにアワアワしているエトルスクスさまと、一切《いっさい》知らず青天《せいてん》の霹《へき》靂《れき》だったテオが顔を見合わせる。その横で、澄まし顔の私。

とはいえ、私が陛下の来訪に気づいたのもつい先ほどのことだ。巡礼者の中に紛れ込んだ近衛騎士を見つけなければ、今頃《いまごろ》私もエトルスクスさまと同じように右往左往していただろう。

昨日のエトルスクスさまからは陛下の「へ」の字も出なかったから、彼が陛下の訪問を知ったのはきっと今朝のことだ。それだけでも急だったろうに……。

――予定よりも早く到着したのは、こちらの反応を見るためでしょうね。ティグニス陛下、隙がなくていらっしゃることだわ。

慌ただしく指示を出し直すエトルスクスさまを眺めながら、私は一人皮肉を呟《つぶや》いた。

2

神殿内にある応接室の中でもっとも広い部屋へと移動し、私たちはティグニス陛下を出《で》迎《むか》えた。

「エトルスクス殿、此度《こたび》の歓迎《かんげい》感謝する」

この国の王にして、テオの兄君でもあるティグニス国王陛下。

さすが兄弟、髪の色も瞳の色も、顔の造りもテオとよく似ている。しかし彼が持つ雰囲《ふんい》気《き》は、テオのものとはまるで逆だ。

テオよりも線は細いものの、成人男性として過不足なく鍛《きた》えてある体。拳一つ分の間隔をとり「ハ」の字に開かれた足のおかげで、体幹がぶれることはない。

わずかに上がった顎《あご》、ピンと伸《の》びた背筋。彼の存在が空気を一気に張《は》り詰《つ》めさせる。

式典や執務の際には肩にかかる髪を後頭部で一つに束ねている陛下だが、今日はお忍《しの》びでの訪問だと主張するためか、無造作に垂らしたままだった。プライベートの気楽な雰囲気を醸《かも》し出《だ》したいのかもしれないが、よく見ればその目はとても冷ややかで、常に周囲を観察している。

陛下の前に三人並んで膝《ひざ》を折ると、まずエトルスクスさまが口を開いた。

「ティグニス国王陛下、ありがたきお言葉にございます。せっかくのお越し、だというのに、準備が間に合わず、なんとおわ、お詫《わ》び申し上げてよぃか……っ」

息が上がっているので、言葉が途《と》切《ぎ》れ途切れだ。足腰《あしこし》の弱った老人には、階段を下りるのもひと苦労。転んでは大変だからとゆっくり向かうように進言したのに、エトルスクスさまは頑《がん》として聞き入れては下さらなかった。その結果が、ご覧の有り様というわけ。

ティグニス陛下は手を掲《かか》げ、エトルスクスさまの謝罪を止める。

「予告していた時刻よりも早く来たのだから、非があるのはこちらだ。準備は不要と言いはしたが、そなたらにしてみれば気を遣《つか》わぬわけにもいかぬだろう。苦労をかけたな」

こう言っておけばエトルスクスさまが悪くお思いにならない、というのを熟知した労《ねぎら》いの言葉だ。私からすれば白々《しらじら》しく思えてならないけれど。

「遅《おく》れてはならぬと急いだが、ゆっくり旅路を楽しめばよかった。早朝の出発はさすがに応《こた》える。すまぬが、椅子を用意してはもらえぬか？」

そうは言うものの陛下に疲労《ひろう》の色は感じられず、表情には余裕《よゆう》さえある。まず御年《おんとし》三十の健康な男性が多少の移動で疲《つか》れるとは思えない。

つまり、そのお言葉はご老体のエトルスクスさまを気遣《きづか》ったものだ。

「これは配慮《はいりょ》が足らず恐縮《きょうしゅく》です。どうぞ陛下、あちらのソファをお使いくださいませ」

「恩に着る。エトルスクス殿らも、すまぬが移動してくれぬか」

「もちろんでございます！　さ、セルマとテオフィルス殿下《でんか》も」

ティグニス陛下は計算高い男だ。教団を敵だとみなしたら、慈悲《じひ》もなく即《そく》切り捨てるに決まっている。その代わり、教団が彼の益となる限り、丁重《ていちょう》に扱《あつか》ってくれるだろう。

「セルマ殿、そなたとも久しいな。息災か？　アピオン前団長が亡《な》くなられ、気落ちしていないかと心配していたが」

テーブルを囲みソファに腰掛《こしか》けたところで、陛下から改めてお声がけがあった。私はお馴染《なじ》みの聖女スマイルを浮《う》かべる。

「はいティグニス国王陛下、まずはお久しゅうございます。そしてお心遣《こころづか》い感謝いたします。アピオンさまなら女神《めがみ》ヲウルのおそばで祈《いの》り続けていらっしゃることでしょう。住まう地は分かたれてしまいましたが、同じナミヤの信徒であることは変わりません」

アピオンさまが悪魔憑《あくまつ》きだったことは、教団の中でも一部の者しか知らないことになっている。外部へは秘されているが、相手がティグニス陛下ならばその限りではない。

しかし言わなくたって陛下はすでにご存じなので、私は口に出さなかった。

教団側が報告したのではない。教団内部に彼が送り込んだ諜報員《ちょうほういん》がいるからだ。

たとえば、修道騎士《しゅうどうきし》のヘルムートがそうだ。寡黙《かもく》な彼は悪魔祓いに立ち会ってくれる騎士の一人であると同時に、ティグニス陛下の飼い犬だったりする。

でも、彼が優秀《ゆうしゅう》な騎士であることには変わりなく、また陛下に痛くない腹を探《さぐ》られるのも嫌《いや》なので、あえてここは素知らぬ顔をして受け入れ、内情を晒《さら》すことにしているのだ。

そのため、悪魔の情報がティグニス陛下に筒抜《つつぬ》けになるのも承知の上。

当《あ》たり障《さわ》りのない返答をすると、陛下は「そうか」と微笑《ほほえ》んでくださった。しかし目の奥では笑っておらず、実に退屈《たいくつ》そうだ。

アピオンさまの名を出したのは、私の動揺《どうよう》を誘《さそ》うため。だからありきたりな反応の私に「期待外れだ」とか考えていそうな表情をしている。

そして私の代わりに楽しませてくれそうな対象へと、陛下のご興味と視線が移った。その対象とは彼の実弟、テオだ。

私の斜向《はすむ》かいに座るテオは、ひと目見ただけでこの場にいる誰よりも緊張《きんちょう》していることが明白だった。

テオには今から約一年前、「ナミヤ教団の悪事を暴《あば》く！」と大見得を切って王宮を飛び出し、教団に乗り込んできた過去がある。にもかかわらず、今では聖女付きの輔祭として、こんなにも見事に馴染んでいる。

そのことを兄がどう評価するのか、彼は不安で仕方がないのだ。

ティグニス陛下は人の心を読むのがお上手。だからテオの性格や悩《なや》みも十分把握《はあく》しておられたはずで、そんなに心配する必要はないと思う、のだけれど……——。

——ん？　……んんん？　まさか、テオ……？

テオは私の視線に気づき、引《ひ》き攣《つ》った笑みとともに私に頷いてみせた。

私は悟《さと》った。テオは嘘がつけないから、「教団は悪者と思っていたけど実は善良な団体だった」と正直に陛下に告げるのだろうと。ついでに、私とのあれやこれやも詳《つまび》らかに報告する気なのだろうと。

——だめ。そこは言っちゃだめ、絶対に。内緒《ないしょ》にしておいて!!

目をクワッと見開いて牽制《けんせい》してはみたものの、テオはさっきよりも口角に力を入れ、力強く頷いた。「俺に任せろ」と聞こえてきそうな表情だが、任せられるわけがない。
そして致命的《ちめいてき》なのは、このやりとり全てまるっとティグニス陛下がご覧になっていると
いうことだ。
「久しぶりだな、弟よ。思ったよりも元気そうじゃないか」
静かな声。それと氷のような微笑《びしょう》。私ならこんな人に心を開く気にはなれない。
テオがすう、と息を吸った。僅《わず》かに呼吸が震《ふる》えており、彼の緊張が伝わってくる。
「はい。兄上におかれましても、ご健在なお姿を拝謁《はいえつ》でき、心より嬉しく存じます」
「……」
あ、と思った。陛下がムッとしたのがわかった。
「テオフィルス……私たちは堅苦《かたくる》しい世辞を言い合う仲だったか？　『拝謁』などと、い
つ私がそのような仰々《ぎょうぎょう》しい言葉を使えと言った？」
陛下の台詞《せりふ》、要は「もっと気楽に会話しようぜ」という意図なのに、テオを揶揄《からか》いたい
がゆえにわざと不機嫌《ふきげん》さ増し増しで告げているのだ。愛情の裏返しとはいえ、非常に面倒《めんどう》
臭《くさ》い男である。
「それはっ……しかし兄上は国王陛下。俺は血のつながった弟ですが、兄上の臣下でもあ
ります」
テオ気づいて、陛下はあなたを揶揄っているだけなのよ。——と言いたいけれど、飛び

火しては面倒なので言わない。テオには悪いけれど私は傍観者《ぼうかんしゃ》に徹《てっ》する。

「つまらぬ男になったなテオフィルス。私はお前の無鉄砲《むてっぽう》なところも長所だと思っていたからこそ、王族の務めを放棄《ほうき》したお前を咎《とが》めることなく放っておいてやったのに」

「……返す言葉もありません」

そっと陛下を確認すると、思ったとおりニヤニヤとして楽しんでいるのがよくわかった。しかし兄陛下が怖《こわ》いテオは頭を下げたまま。だから遊ばれていることにいつまで経《た》っても気づけないのだ。

仲裁《ちゅうさい》はしないまでも、助け船代わりに話を逸《そ》らしてあげようかな……と考えていたら、陛下が私に目配せを送ってきた。

――はいはい、わかりました。テオごめんね。

陛下の表情は、「今は私が遊んでいるのだから、もう少し黙《だま》っているように」とでも言わんばかり。いや、言っていた。私は静かに承知して、諦めながら目を伏《ふ》せた。

追い詰められて口籠《くちご》もるテオに、ティグニス陛下が畳《たた》み掛ける。

「なんだ、もしや喧嘩《けんか》別《わか》れでもしたつもりでいたのか？　私のことを、たった一人の弟をほんのわずかな意見の相違《そうい》で邪険《じゃけん》に扱う狭量《きょうりょう》な兄だと？」

「とんでもない！　兄上はそんな――」

ティグニス陛下は、弟であるテオのことをとても大切に思っている。威圧《いあつ》し、鋭《するど》い言葉でテオを崖《がけ》っぷちに追い立てるが、彼が落ちてしまう前に救いの手を差し伸べる人だ。否、落ちてからようやく手を摑《つか》むという方が正しいか……。

頰杖《ほおづえ》をつき、楽しそうにテオを眺めている。いい加減満足したのか今度こそ、本心のまままに陛下が問う。

「テオフィルスよ、女神の神殿はお前にとって安らぎの場となっているのか？」

教団にやってきた時、テオはとんでもない誤解をしていた。それをティグニス陛下も知っていながら、テオが己の目で見て耳で聞き、自力で得た情報から答えを導くように——と送り出したに違いない。

テオが顔を上げた。そして陛下の表情が存外に穏《おだ》やかなことに、ここでようやく気づいたようだ。

唇《くちびる》に力を入れ、何か言おうとしてやめ、結局彼が発したのは——。

「はい」

その一言だけ。しかしティグニス陛下はテオの思いを汲《く》み取《と》ったようだ。目を細め、口の端を僅かに上げ、安心したようにふっと笑った。

「お前はここで己の役割を見つけたか」

「はい。輔祭として、聖女付きの任を頂戴《ちょうだい》しました」

「……ほう。聖女付き、か」

意味深な微笑、意味深な間。嫌な予感に私は身構える。

「教えてくれテオフィルス。聖女に付いて何をするのだ？」

「主に警護です。セルマの身の回りに危険がないか気を配り、有事の際に備えます。あとは雑用です。連絡役《れんらく》をしたり、来訪者との調整をしたり――」

「雑用だと？」

陛下の眉がピクリと動いた。

「セルマ殿、私の大切な弟をそなたは雑用に使っているのか？」

ティグニス陛下の矛先《ほこさき》が、突然《とつぜん》私に向けられた。しかしどうということもない。

「ナミヤ教に入信なさったわけですから、いくら王弟といえどテオフィルス殿下もいち信徒。他の輔祭と同様に平等を心がけているだけですわ。もしも陛下が望まれるのでしたら、特別扱《とくべつあつか》いに変更《へんこう》しても構いませんが……」

私がニッコリ微笑むと、陛下も似たような作り笑いで応じてくれた。

「それならば結構。平等はこちらも望むところではあるが、聖女付きという役職のせいで弟がそなたに虐《しいた》げられていないかと心配になったものでな」

そなたに、と私だけを指すあたり――しかも笑顔《えがお》で――、性格が悪いと言うほかない。

だが、性格の悪さでは私だって負けていない。

「ご安心くださいませ。ここには王宮と違い弟君に色目を使う者など一人としておりません。もしもいたとしてもわたくしが決して放置いたしませんから」

テオが女性恐怖症《きょうふしょう》になったのは、陛下にも責任があるのでは？　という含《ふく》みを込《こ》めて言い返すと、ティグニス陛下の瞳孔《どうこう》がキュッと縮んだ。私に対し「この女……」と苛立《いらだ》ちを覚えているに違いない。

気が殺《そ》がれたのか彼の視線が私から外れ、テオへと戻った。

「それでテオフィルス、聖女付きの仕事には恋人役も含まれるのか？」

――ちょっとやめてよ、テオに当たらないでよ……。

私が代わりに答えようとしたけれど、テオの方が先に動いた。私をチラッと見てから、再び陛下に向き直った。

「いいえ、恋人役などいたしません」

「ではなぜキスを？」

ギクリとして、背筋が凍《こお》った。このキラーパスをテオが捌《さば》くのは、至難の業《わざ》だ。

「キっ……!?　そ、それは……――」

――狼狽《うろた》えるな、こっち見るな！　そういうところから怪《あや》しまれるんだから!!

テオはさっきベランダで私の頰にキスしたことを思い出しているのだろうが、陛下のおっしゃる「キス」とはブラフ。おそらくヘルムートから聞いた『祝福の接吻』のことを指しているのだろう。だけど聞き方に悪意が満ちている……。

まんまと引っかかったテオは、ぶわっ！　と汗《あせ》が噴《ふ》き出《で》る音が聞こえそうなくらいに赤面した。

落ち着きなさいという気持ちを込め、スナギツネのような虚無顔で見つめ返してはみたものの、テオは口をぱくぱく動かしそれはそれは見事な動揺っぷりを披露《ひろう》している。

「セル、セルマを、セルマとは――」

「それは『祝福の接吻』というものです。悪魔祓いの際、聖女が己の聖なる力を剣士《けんし》に委《い》譲《じょう》するための、神聖な儀式《ぎしき》の一つでございます」

テオがしどろもどろになっている上から、エトルスクスさまが最適解を被《かぶ》せてくださった。そこにフォローの意味合いはなく、ただ単にティグニス陛下の問いに対して答えただけ。この鈍感《どんかん》さ、本当にありがたい。

「悪魔祓い……その儀式にはキスが必要なのか？」

陛下のご興味が移った。眼光鋭くエトルスクスさまを捉《とら》えている。

「はい。セルマは聖なる力によって悪魔を人体から追い出すことができますが、ご覧のとおり小柄《こがら》で非力なため、悪魔に止《とど》めを刺《さ》せないのです」

「そこでキスによって力をテオフィルスに渡《わた》し、代わりに悪魔を倒《たお》させると？」

「さようにございます」

ひとまず、テオへの詮索《せんさく》は終わった。会話の「間」を利用して、私は口を開く。

「ティグニス陛下、わたくしは問題ないと考えております」

何かを問われたわけでもない、脈絡《みゃくらく》のない回答。テオとエトルスクスさまがぽかんとする中で、陛下だけがくつくつと笑う。

「流石はセルマ殿。先回りとはしてやられた。要するにエトルスクス殿、私も悪魔を見てみたい。悪魔祓いの場に同席してみたいという話なのだが」

真っ先に反応したのはテオだ。

「それはなりません！　兄上は国王たるお方です、もしも御身《おんみ》に何かあったら！」

ティグニス陛下はソファの背もたれによりかかり、テオを鼻で笑った。

「弟のお前が同席を許され、片や兄の私はダメだと申すか？　確かにお前よりは剣の腕も劣《おと》ろうが」

「剣の腕云々《うんぬん》の話ではありません、悪魔祓いには危険が伴《ともな》うからです！」

一年前、悪魔が実在していると知る前ならば、テオも容易《たやす》く応じていたはずだ。でも、今は違う。

悪魔は実在し、みな攻撃的《こうげきてき》な性格をしている。おまけに外殻が非常に硬《かた》く、通常の攻撃が効かない。いくら剣の扱いに長《た》けていようとも、聖なる力がない者には手も足も出ないのだ。

「私は単なる傍観者として、危害の及《およ》ばぬ離れた場所から指を咥《くわ》えて眺めているつもりだ。

それでもダメだと?」

「当然です! 俺は万一を考えているのです!」

二人の意見が対立し、エトルスクスさまはどちらに加勢すればいいのか決めかねてオロオロしている。

「ふん……『万一』か、ずいぶん用心深くなったな。衝動的《しょうどうてき》に王宮を飛び出した者のセリフとは思えぬぞテオフィルス。セルマ殿のそばはよっぽど学びが多いと思われる」

話す速度、声のトーン、表情、そして視線の動かし方。ティグニス陛下は相手を萎縮《いしゅく》させる方法を嫌というほど心得ておられる。

しかしテオも頑張《がんば》った。もしも彼が犬ならば、耳を倒し、尻尾《しっぽ》を両脚《りょうあし》の間に挟《はさ》んで怯《おび》えている状態だろうに、それでも頑として頭を縦に振ろうとしない。

「何と言われようと、俺は絶対に認めません! 兄上をお守りするため、これだけは譲《ゆず》れない。セルマだって同じ考えのはずです! だよなセルマ!」

「先ほど言ったとおりよ。わたくしは同席いただいても問題ないと考えているわ」

「セルマ⁉」

捨てられた小犬みたいな顔、しないでほしい。できるだけテオを視界から追い出し、私は陛下に奏上する。

「ご自身の安全を最優先に考えるとお約束くださるのであれば、どうぞご覧になってください。この国に災《わざわ》いをもたらす存在を、ティグニス陛下がその目で見たいとおっしゃるのは当然ですので。次に悪魔祓いの依頼《いらい》があった際には、是非《ぜひ》ご臨席くださいませ」

立ち会いの希望は聞き入れるが、現在悪魔祓いの予定はない。だからひとまず待ってくれ。

私の意が正しく伝わったのか、ティグニス陛下は「なるほど」と呟き、顎に指を当てて黙った。数秒ほど考えたあと、私に質問を投げかける。

「セルマ殿は人間に取り憑《つ》いた悪魔を見抜《みぬ》くと聞いたのだが？」

「さようにございます。しかしながら現在のところ、私の周囲に悪魔憑きはおりません。わたくしの行動範囲《はんい》に入らなければ、見抜く見抜けない以前の問題でございます」

ファリエルの件から一ヶ月が経った今、悪魔祓いの依頼はなく、またテオが悪魔憑きを見つけることもなかった。

もちろん、人の世にいる悪魔を全て祓えたとは思っていない。元々悪魔祓いの依頼は数ヶ月に一度の頻度《ひんど》だったし、ファリエルを退治したことで悪魔たちも警戒《けいかい》して鳴《な》りを潜《ひそ》めている可能性もある。

陛下はわずかに肩を落とし、小さなため息を吐いた。

「そういう話ならば残念だが仕方ないな。ただし次の機会には必ず私を呼んでくれ。何を措《お》いても駆《か》けつけることとしよう」

好奇心《こうきしん》が強い者はいずれ身を滅《ほろ》ぼす、とはよく言ったものだが、ティグニス陛下には当てはまりそうにない。彼は好奇心が強いが、猜疑心《さいぎしん》や警戒心も並外れて強いのだ。
「承知いたしました。必ず、ですね」

治世を乱す敵の正体が知りたいのか、単なる個人的興味か、あるいは両方か。
どちらにしろ、私には関係ない。私は私で悪魔とは個人的な因縁《いんねん》があるので、見つけ次《し》
第《だい》全ての悪魔を倒すだけだ。

「というわけだテオフィルス。私は次回、悪魔祓いに同席する。異論はないな？」

「はい、もちろんです」

テオの声には迷いがなかった。
ついさっきまでの態度と乖離《かいり》がありすぎて、私は耳を疑った。あんなにムキになって陛
下の同席を拒《こば》んでいたにもかかわらず、すっかり落ち着きを取り戻したどころか、その返
答に自信すらあるようにも聞こえた。

「……先ほどまで、誰よりもお前が反対してはいなかったか？」

陛下も同じ疑問を抱《いだ》いたようで、眉間《みけん》に皺《しわ》を寄せテオに尋ねた。
これまでならば私とテオの意見が食い違った場合、お互《たが》いに譲らず私が無理やりテオを
黙らせるまで言い合いが続いた。だというのにテオがこんなにあっさりと矛《ほこ》を収めてしま
うなんて、悪いものでも食べたのか……。

「セルマが『いい』と言うならば、俺はそれに従うまでです。セルマの判断を信じていますので」

私に向け、意志を示すように力強く頷くテオ。

――揉《も》めるよりはありがたいけれど、なんだか……落ち着かない。恋ってこんなに人を変える？　それともテオの言葉どおり、私への信頼のなせる技？

ティグニス陛下が私とテオを交互《こうご》に観察しているせいで、視線一つ動かすにしても非常にやりづらくて困る。そして、話が停滞《ていたい》したのを見計らってか、エトルスクスさまが声をかけた。

「ティグニス陛下、テオフィルス殿下とは久しぶりの兄弟の再会となったことでございましょう。昼食の準備が整うまで、神殿周辺を散策しながら語り合ってはいかがですか？」

陛下の側近ミハイさまから届いた書簡によると、ティグニス陛下は昼前にご到着し、教団幹部らと食事を取ってから適当に視察したのち帰還《きかん》……というご予定だったようだ。ところが到着が早まったせいで、時間に余白が発生してしまった。

エトルスクスさまのお節介《せっかい》な提案にテオが目をひん剝《む》いている一方で、ティグニス陛下はニヤリと笑った。

「そうだな……確かに、積もる話もある。なあ、テオフィルス？」

テオに話しかけていながら、陛下の目は私を捉えていた。「随分と我が弟に気に入られたようだな」と、私に圧をかけ牽制《けんせい》するように。

癪《しゃく》だったのでそっぽを向き、あからさまに知らんぷりをしておいた。

3

参道を行き交う者は多く、たくさんの人とすれ違う。しかし兄上のことを気に留《と》める者はいない。彼らはまさかこの国の王がこんなところを歩いているとは思わないのだろう。

とはいえ、人混みでは近衛騎士たちも兄上を守るのは難しかろう。彼らの誘導のもと、俺たちは人通りの少ない脇道《わきみち》へと逸れる。

「先ほども伝えたが、元気そうで安心した。顔色もよく、楽しくやっているようだな」

馴染みのある笑《え》みを向けられて、唐突に郷愁《きょうしゅう》の念にかられた。郷愁というか……愛する家族に会えたことに、ホッとしているような、嬉しいような、なんとも言えない感情が込み上げてくる。

俺は兄上に頭を下げた。

「申し訳ありませんでした。俺が間違っていました、兄上はいつだって正しかった」

教団は悪い組織ではなく、兄上を洗脳してもいなかった。聖女セルマは一癖《ひとくせ》も二癖もあったが、結局のところ誰よりも優しく思いやりのある娘だった。

己の短慮《たんりょ》さを詫びると、非難よりもまず兄は頷いた。

「明確な気づきが得られたのだな」

「はい。兄上にはご迷惑《めいわく》をおかけしましたが、かけがえのない時間となりました」

「迷惑とは思っていない。お前が人間として成長できたのなら何よりだ」

そう言って笑う姿が眩《まぶ》しい。

かつての俺は、この人に頼《たよ》るばかりである自分に嫌気《いやけ》が差し、頼ってもらうために功を焦《あせ》った。兄上には全てお見通しだったのかもしれないが、こうして俺の過《あやま》ちをあっさり水に流してくれるところに、底知れない懐《ふところ》の深さを感じる。

「教団に身を置いてわかりました。教団が兄上の味方になることはあっても、敵になることはない、と。ここの者はみな、人を助けることに一生懸命です。兄上が正しくある限り、彼らも兄上の作る太平の世を支持し続けるでしょう」

「私が正しくある限り、か。言うようになったなテオフィルス」

兄上が口の端を上げた。俺は慌てて訂正《ていせい》する。

「あ、いえ、そんなつもりはっ！」

「よい。王となった私を窘《たしな》めてくれる者は少ない。貴重で、大切にすべき存在だ。これからも気にせず言いたいことは言うといい。何しろ私たちは兄弟なのだからな」

当たり前だが、兄上が道を誤るなどと俺は思ったことがない。荒廃《こうはい》していた国をここまで再建させた一番の功労者が、母のようになるわけがないのだ。

兄上はレグルスレネトの地と、ここに根付き生きる民《たみ》を愛しておられる。その思いがある限り、兄は正しさを失わないだろう。国民の大多数と同じように、俺もそう信じている。

己の中に浮かんだ「正しい」という言葉に、セルマの顔が連想された。虹色の瞳を持つ娘。表と裏の顔が天と地ほど異なる娘。そして俺が誰よりも愛《いと》しく想《おも》う娘。

「セルマ――……」

「セルマ？　セルマ殿が、どうした？」

想い余ってつい名がこぼれた。ハッとして口を押さえたが兄上の耳には届いたあと。

正直、兄上にもセルマのことをもっと知ってほしかった。彼女の一番の理解者、という立ち位置を譲るつもりはないが、一方でセルマの素晴《すば》らしさを兄上と分かち合いたかったのだ。

「セルマは正真正銘《しょうしんしょうめい》の聖女です。セルマはすごい、本当に。セルマのことを詐欺師《さぎし》だと疑った自分が恥《は》ずかしくなるくらい、心の美しい女性でした」

「聖女セルマの……心が美しいと？」

兄上が聞き返したので、俺はさらに夢中で語る。

「セルマほど美しい人間を、俺は見たことがありません。セルマは外見もとてもかわいい……美しいが、特に心が美しい。世界に溢れる辛《つら》いことは全て自分が肩代《かたが》わりしてやると、セルマはそう考えているのです。だから俺はセルマが——」

「セルマ、セルマ、セルマ……一体何度言えば気が済む？　やめておけ」

「……兄上？」

セルマは自分のことを、本物の聖女ではないと思っている。確かに聖なる力はないが、彼女こそが歴代の誰よりも最も聖女らしい聖女だと、俺は自信を持って言える。

それゆえ、兄上の言葉の意味も、うんざりとした表情の意味もわからなかった。

——やめておけ、とは何を指すんだ？　名を出すこと？　語ること？　まさかセルマを愛すること？　いや、俺の想いに気づかれるはずは……。

道を先行く兄上が、足を止めて振り返った。金色の髪が風に靡《なび》き、頬にかかる。

「聖女セルマは確かに強烈《きょうれつ》だ。儚《はかな》いのに、したたか。いつも薄《うす》ら笑いを携《たずさ》え、胡散臭《うさんくさ》いことこの上ないのに、不思議と人を納得《なっとく》させる奇妙《きみょう》な説得力がある。あのような娘は珍しいからな。お前の目に鮮烈《せんれつ》に映ることも、それと同時に稀有《けう》なものだと錯覚《さっかく》することも理解する」

先ほど兄上がうんざりしているように見えたのは、きっと気のせいだったのだろう。兄上にもセルマを称賛《しょうさん》してもらえ、まるで自分のことのように俺の胸が熱くなる。

「おっしゃるとおりです！　セルマほど魅力《みりょく》に溢れた人間は他には絶対にいません。セルマといる時間が増えれば増えるほど、俺は一層セルマのそばにいたいと願うようになりました。セルマを理解し、守り、手助けすることこそが俺の――」

「だからテオフィルス、やめろと言っている」

えっ、と俺は息を呑《の》んだ。俺が盛り上がる一方で、兄上の声はとても冷たかった。目つきもこんなに鋭かっただろうか。

気づいた時にはすでに周囲に緊張が満ちていた。俺たちの間に何らかの誤解が生じていたのかもしれない。いつからか、何についての誤解かも俺にはわからないけれど。

「勘違《かんちが》いするなテオフィルス。私は聖女を褒《ほ》めてなどいない。あの女はやめておけ、と言っているんだ。あれはお前の手に負える女ではない」

「――……っあ、兄上、それは、どういう……？」

鋭く冷たい視線に、俺の喉《のど》が閉じそうになる。声を絞《しぼ》り出すが、満足に喋《しゃべ》れない。

「どうせ相手にされていないのだろう？　もう諦めろ」

ガツンと頭を殴《なぐ》られたような衝撃《しょうげき》。兄上は、俺のセルマに対する気持ちをご存じだった。そして、その想いを断《た》ち切れとおっしゃっているのだ。

「……無理です。できません。いくら兄上のお言葉でも……俺にとってセルマは大切な存在です。セルマと出会っていなければ、俺の世界は狭《せま》いままだった。俺にはセルマが必要で、それと同じようにセルマにも俺がっ！」

この想いは、「恋」を超《こ》えてすでに「愛」だ。しかしいくら兄上に語っても、まるで石に灸《きゅう》。ちっとも手応えがなかった。それどころか鼻で笑われた。

「聖女付きの職務や悪魔祓いを経て、己が聖女の特別な存在にでもなれた気でいるのか？　まさか、儀式として聖女から施《ほどこ》される『祝福の接吻』によって？　勘違いがすぎるぞ」

「え、あ、」

何が勘違いなものか。……と言いたいが、そう言い切れるだけの根拠《こんきょ》がなかった。俺にとってセルマは特別だが、その逆はどうだろうか。俺はいつしか思い上がり、驕《おご》っていたのか……？

「この先神官になる気もないのだろう？　聖職者としても王族としても、今のお前は半端《はんぱ》すぎる」

兄上の言葉には容赦《ようしゃ》がない。的確ゆえ、こうして痛いところも衝《つ》く。

正当な反論が一切浮かばず、俺は唇を噛《か》み沈黙《ちんもく》する。

「お前があの女に惚《ほ》れてしまったことは咎めない。口外するつもりもない。だが、問題はその先にある」

兄上が俺の正面に立った。拳《こぶし》を作り、俺の胸にトンと当てて忠告する。

「テオフィルス、お前は私の弟だろう。王族であることの意味、役割を思い出せ」

「お……俺は……」

「言いたいことがあるなら言え。何だって聞いてやる」

「──いえ。兄上のおっしゃる通りです」

俺は俺の意志でここにきて、同じく俺の意志でここに留《とど》まっている。だが、それで俺が何を成したかと問われても、俺には答えられるものがない。

「……さすが、ここは俗世《ぞくせ》とは違うな。風もいい。下界とは時間の流れすら異なる気がする。だからこそ、お前の成長のきっかけにもなるかと期待したのだが」

兄上が手を引っ込めた。マントを翻《ひるがえ》し、俺に背を向ける。

「先にエトルスクス殿のもとへ戻っている。お前はここでもう少し頭を冷やせ」

「……はい」

近衛たちも兄とともに離れていき、俺は一人取り残された。

4

エトルスクスさまと広い応接室で二人、ぼーっとしているわけにもいかないので、私は自分の執務室に戻り一人で待機することにした。

読みかけの本を手に取って、栞《しおり》を挟んだページを開く。目を落として文字を追う……けど、内容が全然頭に入らない。

そりゃそうだ、ティグニス陛下の突然の来訪、兄弟二人の秘密の会話……気になること

だらけだからだ。

ティグニス陛下とテオが何を話すのか、ある程度想像はつく。どうせ、テオが教団に入《い》り浸《びた》っていることを咎めるのだ。

聖職者としての道を極《きわ》めるでもなく、王族の公務も放り投げたまま。どっちつかずな状態をあの方が非難しないわけがない。

それと同時に、私のことも話題に上るはず。

ティグニス陛下はテオが私に好意を抱いていると気づいた。だから弟のためを思い、「あの女はよした方がいい」などと牽制するのだろう。

なんだかんだ言っても、陛下はテオのことを愛しておられる。そのかわいい弟が苦労しなくていいように、目を覚ませと諭《さと》すに違いない。

——テオ……まさか私に結婚を迫《せま》っていることまでは言わないわよね？

考えれば考えるだけ、ひたすら頭が重くなる。テオは私とは異なる、直感型の人間だ。

だから、「結婚しよう」と言ったのも深い考えがあったわけではない。

簡単に言えば、「その場のノリ」だ。もっとも、彼はいたって本気だろうが。

結婚してから理解ある夫に化けるタイプならまだしも、独り身の時と生活スタイルを変えないタイプだったなら、私はきっと苦労する……。

「って、これじゃ私の方が結婚を真剣《しんけん》に考えてるみたいなんだけど⁉」

執務室は私一人には広すぎる。その無駄《むだ》に広い空間に下らない独り言が響いた。自分の声で我に返り、私はコホンと咳払《せきばら》いをする。

ところがここで一つ疑問が発生する。

ティグニス陛下が突然お越しになったのは、弟テオの様子見と、悪魔祓い見物を申し込むため。でも、わざわざお越しになる理由としては、今一つ物足りないのではないか。

再来月には陛下のご在位四周年を祝した式典と、それに伴うお祭りが催される。今は準備や調整で忙《いそが》しいところだろうに――。

「もしかして、他にも何か目的があった？　私やエトルスクスさまに直接言わなければならないようなこと……。陛下直々に動くくらいだから、国を揺るがしかねないような……いずれそうなりそうな、懸念事項《けねんじこう》が発生した？」

おや、と頭を傾げながら呟いたのと時を同じくして、騒々《そうぞう》しい足音が階下から部屋に近づいてきた。

「セルマっ‼」

ノックもなしに扉が開かれ、やってきたのは金髪頭。……の、弟の方だ。

「もう少し穏やかに訪ねてきてほしいのだけど」

テオは息が上がり、肩を大きく上下させていた。顔、特に鼻が赤い。さっきまで外で冷たい風に当たっていたのだろう。

不安げで、取り乱していて、怒《おこ》っているようにも見える表情だ。

テオが迷わず私に向かって歩いてくる。隣に座るのかと思ってソファに腰掛け直そうとしたが、彼は立ったままソファの背もたれに手を添《そ》えた。背を丸め、私の方に身をかがめるので、彼の影《かげ》が顔にかかった。そして――。

「俺はセルマのことを愛してる！　セルマは⁉」

――突然どうした？　好きは好きだけど、「愛してる？」の答えには弱いかも？

――ティグニス陛下に何を言われたの？　まさか「セルマはお前のことなどちっとも好いてはいない」とか？　いや、いくら弟がかわいいとはいえそこまで他人の恋路《こいじ》に首を突っ込むもの？　王族なら……まあ……突っ込むか。

――ただ、状況を顧《かえり》みないテオの距離の詰め方に私もちょっと手を焼いていたのは事実。だからここは「少しは距離感を考えなさい」と弁《わきま》えさせる方が先決かも。

一秒にも満たない時間でここまでの思考を終わらせて、私はいつもの聖女スマイルを浮かべた。

「冗談は休み休み言いましょうね」

テオは王弟で、私は聖女。私たちが「聖女と輔祭」以上の関係になることの意味を、テオはもう少し考えるべきだ。不純な関係だと誤解されでもしたら、どれだけの損失が生じることか。テオのことが大切だからこそ、彼にも慎重《しんちょう》になってほしいのだ。

私に突き放されたテオは、虚《うつ》ろな眼差《まなざ》しのまま私の隣に力なく座り込んだ。太ももが当たらないよう、私はさりげなく間隔《かんかく》をとる。

――これは仕方がないことなのよ。聖女と王族、個人的な感情だけで突っ走っていい身分ではないの。

私は再び本を開いた。隣にいる男にはいつもの覇気《はき》が感じられず、おまけにため息がしつこい。

文字を目で追う。滑《すべ》るが、何度も後戻《あともど》りしながら目で追った。しかし、追ったそばから滑っていく。

「…………でも、テオのことは嫌いじゃないわ」

とうとう私はテオが放っておけなくなり、わずかな温情をかけてしまった。言おうか言うまいか悩んだせいで声はとても小さかったが、彼の耳にはしっかり届いたらしい。

テオはみるみる元気を取り戻し、曲がっていた背筋があっという間にピンと伸びた。

生気のない目にも光が戻っていく。あっ、これ悪手《あくしゅ》だ――と気づいた私は、慌てて言葉を撤回《てっかい》する。

「ごめんなさいテオ、やっぱり今の発言はナシってことに――」

「そうだな！　強情《ごうじょう》なセルマが自分の想いを正直に伝えられるわけがないもんな！」

が、間に合わなかったようだ。

「はあ⁉ ちょっと待って、何よその決めつけは⁉ 私のことを何だと――」

軽い感じの侮辱《ぶじょく》とともに、テオがぎゅっと抱きついた。何をする、と拒もうとする頭とは裏腹に、勝手に心臓が駆け足になっていく。

ふわりと漂《ただよ》う香水《こうすい》の匂《にお》いには爽《さわ》やかさと清潔感があり、困ったことに心地いい。

「きっと兄上は、セルマに釣《つ》り合《あ》う男になれと俺を叱咤激励《しったげきれい》しようとしたのだ！ これしきのことで凹《へこ》んでいる時間はない。兄上に認めてもらえるよう、頑張らねば！」

――陛下に限ってそんなこと意図していないと思うけど。ていうか頑張るって、何を。

軽率な抱擁《ほうよう》を許すわけではないけれど、テオの無邪気《むじゃき》さに毒気を抜《ぬ》かれた。彼の腕を拒むことを諦め、私は脱力《だつりょく》し体を預ける。

「前向きなのはテオのいいところよね……」

「自分でもそう思う。これからの俺にも期待していてくれ！」

テオには嫌《いや》みも通じない。ひとたび上がった彼の気分はちょっとやそっとじゃ下がってくれず、このまま昼食でまた陛下と顔を合わせなければならないのかと考えると、私はひたすら憂鬱《ゆううつ》になった。

「エトルスクス殿、世話になったな」

「とんでもございません、またいつでもお越しくださいませ」

食事のあと、次の予定が控《ひか》えているからとティグニス陛下は早々に王都へ帰還することとなった。神殿の正門に近い一室で、私たちは別れの挨拶を交わす。

「セルマ殿、そなたにも感謝を伝えておこう。本日はそなたのおかげでとても楽しいひと時を過ごせた」

事情を知らないその他大勢には、ティグニス陛下がただただにこやかに微笑んでおられるように見えただろう。しかし彼の言葉に込められた裏の意味がわかる私には、「ニチャア」という効果音が聞こえてきそうな嫌みを含んだ笑みに映った。

――ほんと、いい性格してるわ。

「それはようございました。わたくしはてっきり、陛下が数年前と同じく助けを求めていらしたかと思っておりましたので、もしもこれでご満足いただけたなら何よりです」

しかし私だって自分を偽《いつわ》ることを得意としている「聖女」なので、さらりと躱《かわ》すことができる。その上で、軽い揺さぶりだってかけられる。

「……助け？　セルマ、それは一体？」

エトルスクスさまが聞き返した。数年前、ティグニス陛下は荒廃した国を立て直すため、我らナミヤ教団を頼った。助けと聞いてそのときのことを思い出さぬ者はいないはず。

私の揺さぶりが見当違《けんとうちが》いでないことは、陛下の表情からわかる。

彼の性格からして誰かに頼みごとをするなど、気がすすむわけがない。それなのに私から「困っているなら聞いてやらんこともないが?」と話を振られてしまい、さぞかし屈《くつ》辱《じょく》に感じたことだろう。

「……セルマ殿の予見の力はさすがだな。さすが白き聖女」

──白? 確かに私は白に近い銀髪《ぎんぱつ》だし、服装も常に真っ白だ。でも、わざわざ色を声に出して言うなんて、まるで黒い聖女でも現れたかのような……。

ああ、と私は理解した。確かにそれは問題だ。

「……教団としましても、正体を掴んでおく必要があると存じます。つまりティグニス陛下、聖女の名を騙《かた》る者が現れたということでございましょう?」

噛《か》み砕《くだ》いて説明すると、陛下は満足そうに頷き、エトルスクスさま以下は目を丸くして驚きをあらわにした。

「教団の見解として、聖女はセルマさま唯一人。同じ時代に複数現れることはございません。明らかな偽者《にせもの》でまず間違いないでしょう」

陛下の存在に気圧《けお》され、ずっと静かに控えていた神官ラーシュ。けれど聖女の偽者が現れたとあって、黙っていられなくなったようだ。そんな彼に、陛下が答える。

「国に混乱をもたらさぬのなら私は静観するつもりだ。しかし教団としては、放置するわけにはいかぬのではないか?」

そう言って、チラリと私を窺《うかが》った。

教団のためにわざわざ教えてやったのだぞ、という態度だ。負けじとすぐに打ち返してくるあたりが腹立たしい。

悪魔ファリエルによると、聖女の魂は転生するという。女神より先に転生者を見つけ魂を手に入れるため、苦労したとも言っていた。そしてその転生者が私なのだと。

聖女の魂があるから「聖女」なのか、テオのように聖なる力があるから「聖女（男）」なのか。定義は不明だが、定義よりも問題なことは、その偽聖女の力だ。

「噂《うわさ》によると黒聖女は、救いを求めてやってきた者に予言を託《たく》すのだそうだ。ただし病気や余命宣告など、不吉《ふきつ》な予言ばかりをな。一年ほど前から西部で徐々《じょじょ》にその名を広め、最近王都に住まいを移したと聞いている」

――不吉な予言？　そんな毒を、聖女の名の下《もと》で人々に与《あた》えているの？

紛《まが》い物《もの》に「聖女」の名を悪用されることは、教団としては許《ゆる》し難《がた》い。と同時に陛下も問題視しているからこそ、私に教えたということか。

「ティグニス陛下、ラーシュの言うとおりそれは偽者です。信じる者が増える前に、早急に彼女の目的を見極め、止める必要がありそうです」

誘い水を向けてみると、陛下が満足げに微笑んだ。

「再来月、王都にて私の即位《そくい》四周年の式典と祭りが行われる。そなたらを来賓《らいひん》として招待するから、聖女もどきと接触《せっしょく》する舞台《ぶたい》として存分に利用するといい。もちろん、純粋《じゅんすい》に祭りを楽しんでくれても結構だが」

彼との会話はいつも心の読み合いになるのでとても疲れるし、苛立つことも多い。けれど、利益や目的が一致《いっち》する場面では話が速く進むので助かる。

「ありがたきご提案、甘えさせていただきます」

陛下は頷き、私、そしてテオに目をやった。

「それでは最後にテオフィルス、セルマ殿とほどほどに仲良くな。セルマ殿はさすが聖女なだけあって、どんな人間の心もたちどころに癒《い》やしてしまわれる。お前もすっかりその奇跡《きせき》の力の虜《とりこ》のようだからな」

「はい！　セルマの力は奇跡の力。兄上のおっしゃる通りです！」

「……それはよかった」

二人が和気藹々《わきあいあい》と会話しているすぐ横で、私は密《ひそ》かに冷や汗をかいていた。

陛下の言葉はテオやエトルスクスさまたちには純粋な褒め言葉として届いただろう。しかし私にだけは、嫌みとしてしか聞こえない。それこそ、「テオはそなたのことを好いているそうだぞ」以上の、何か……邪推《じゃすい》が含まれたような……。

——テオの気持ちはバレバレだとして……まさか陛下、私がテオを憎《にく》からず思っていることにも気づいておられる？　態度には気を付けていたのに⁉

兄弟の語らいで意気消沈させたはずのテオが、その後の昼食会ですっかり立ち直っていた。その様子を見た陛下が、私がテオに何かしたと考えるのは当然の流れだ。

ただ、その先まで想像力を膨《ふく》らませておられるとは、全くの想定外！

私が固まったところを見て、陛下が「おや」と眉を上げる。

「思い違いだったか？　てっきり私は近い将来、そなたを義理の妹として迎《むか》え入れねばならぬのかと身構えていたのだが？」

一気に視線が私に集まった。ティグニス陛下のご兄弟はテオしかいない。だから私が彼の「義理の妹」になるとしたら、テオと結婚する以外にない。

――は？　なに？　どうしてここで、最後の最後で仕《し》掛《か》けてくる⁉

「義理の妹とは……？　ティグニス陛下、もう少し詳しく！」

エトルスクスさまが食いつた。

「それはセルマ殿本人に聞いてくれたまえ」

陛下が蒔いた種なのに、後処理はしれっと私任せ。苛立ち紛れに舌打ちしたいが、我慢だ。

「セルマ、説明を！　まさかおぬし、テオフィルス殿下とデキておるのか⁉」

興味津々なエトルスクスさまの背後には、茫然自失《ぼうぜんじしつ》のラーシュがいる。本当に陛下ときたら、七面倒臭いことを……と思いながら、私は笑顔を取《と》り繕《つくろ》う。

「エトルスクスさま、陛下のお戯《たわむ》れを真《ま》に受けないでくださいませ。わたくしは聖女としての使命も陛下への忠心も、忘れたことはございません」

「そ、そうか？　それならば……いいのか？」

曖昧《あいまい》な回答に流されかけているエトルスクスさまを、ここでもう一押ししておこう。

「ね、そうよねテオ？　わたくしたちは聖女と輔祭。それ以外のなにものでもない」

「そうだが……しかしセル——」

「はい、お話はこれで終わり。さあ陛下、そろそろ発たれませんと暗くなってしまいます。どうぞ道中、お気をつけくださいさい。女神の祝福がありますよう」

テオに発言権を与えると、何を喋るかわからない。だから言葉を遮って、この場をまとめることにした。

ティグニス陛下は勝ち誇るように——私にはそう見えた——フッと笑い、簡単な別れの挨拶ののち王都へと戻っていった。

もうしばらく顔も見たくない……が、近々王宮で会うことになるのだろう。癪《しゃく》だ。

十人近くの護衛を引き連れ神殿を去る後ろ姿を苦々しく眺めながら、私は陛下から聞いた「黒聖女」の話を思い返していた。

2章　王宮にて

1

テオはあれでも王族なので、ティグニス陛下《へいか》のご即位《そくい》四周年の記念式典を前に一足先に王宮へと戻《もど》った。一方私はラーシュとヘルムートと三人、式典当日の早朝から馬車に揺《ゆ》られている。

式典に合わせ、王都では七日間の祭りが開かれる。年に一度の祭りなので、全国から貴《き》賤《せん》問わず人々が集まってくるのだそうだ。

商人は露店を広げ商売の場として利用し、貴族たちは夜毎《よごと》に開催《かいさい》される舞踏会《ぶとうかい》へと繰《く》り出《だ》して、社交の場として利用する。毎年エトルスクスさまに任せていたから私は話に聞くだけだったが、道中の様子からして想像以上に大規模な催《もよお》しのようだ。

同行させる護衛として、私は修道騎士《しゅうどうきし》のヘルムートを選んだ。王都滞在《たいざい》中に悪魔祓《あくまばら》いをすることになった場合、経験者に立ち会ってほしいからというもっともな理由を告げ

——嘘《うそ》ではない——、彼には同行を呑《の》んでもらった。

でも、その実態はティグニス陛下への当てつけだ。ヘルムートが陛下のワンコだと気づいた上で、私はあえて重用しているのですよ、という余裕《よゆう》を見せつけるためである。

そういうことをしたくなるくらい、先日の陛下の義妹発言を私が根に持っているということだ。

西門に回って城内へ入り、馬車の停車場へと向かう。エトルスクスさまはご在位一周年の折から毎年出席しておられたけれど、私が王宮へ足を運んだのは三年前、ナミヤ教が国教として認められた時以来となる。

「セルマさま、お手を」

「ありがとうラーシュ」

座りっぱなしはさすがにお尻《しり》が痛くなる。数時間ぶりに地に降り立った私は、こっそりと胸を張ったり背伸《せの》びをしたりなんかして、凝《こ》り固《かた》まった筋肉をほぐす。

「大丈夫《だいじょうぶ》？　わたくしは体が小さいからまだいいけれど、ラーシュたちにはかなり窮屈《きゅうくつ》だったのではなくて？」

「いいえ。セルマさまとの旅があまりにも楽しくて、あっという間のことでしたから」

ラーシュは相変わらずだ。せっかくの気遣《きづか》いを無下《むげ》にするのも申し訳なく、あらそう、と笑って終わらせることにした。

今日は記念式典とあって、王宮はたくさんの人で賑《にぎ》わっていた。宮殿《きゅうでん》の内部だけでなく、王宮に面した広場にも国王陛下をひと目見ようと市民たちが集まっている。

人の波に流されるように、私たちも会場へと向かう。前の人に倣《なら》い私とラーシュ、ヘルムートで並び着席し、改めて周囲を軽く見回した。

「あちらに見えるのはパルヴァ卿とイステミ卿《きょう》と……あら、グルムバッハ卿はご子息にお任せになったのね。スオラハティ卿もご欠席みたい、ご子息のオスヴァルトさまがいらっしゃるわ」

グルムバッハ卿は痛風で動けないと小耳に挟《はさ》んでいる。スオラハティ卿は大臣の一人で、教団とも長い付き合いのある方だが、私は今まで一度もお会いしたことがない。陛下が推《お》し進《すす》めている街道敷設《ふせつ》事業の責任者として全国を飛び回っていると聞いているけれど、こんなお祝い事の日にまで出張を入れるとは考え難《にく》い。とすれば、高齢《こうれい》だとも聞くし、体調でも崩《くず》されたのか……──。

ブツブツ呟《つぶや》きながら見知った貴族の顔と名前と情報を頭の中で整理していると、隣《となり》から感嘆《かんたん》の声がした。

「セルマさま、相変わらず抜群《ばつぐん》の記憶力《きおくりょく》ですね」

「失礼があってはいけないから覚えているだけよ。ラーシュも覚えておいて損はないわ」

「そうは言っても、並の記憶力では……。百歩譲《ゆず》ってご当主だけならまだしも、そのご家族までとなるとなかなか難しいです」

見たことのある顔、ない顔。誰《だれ》が来ていて、誰がいないか。

――ここに悪魔《あくま》憑《つ》きはいるのかしら。テオがいればすぐに見つけてくれるんだけど。

私がこれまで灰にしてきた悪魔はほんの数体にすぎず、あれで終わったとは全く思っていない。テオが悪魔憑きを見分けられるようになったのはここ一年のことで、私が倒《たお》せたのも私の目と手が届くごくごく狭い範囲《はんい》にいる悪魔だけ。

だから、今いる会場に悪魔が紛《まぎ》れ込んでいてもおかしくない。

黒聖女も気になる。陛下から名前くらい聞いておいてもよかったけれど、あえておっしゃらなかったということは、容易《たやす》く辿《たど》り着《つ》ける人物ということだろう。

開会の時間が迫《せま》り、陛下の側近ミハイさまとナジさま、そしてテオが会場に姿を現した。

舞台《ぶたい》の手前で立ち止まり、壁《かべ》に沿って並んでいる。

私とは距離《きょり》があるのと席順の都合で、テオの姿は首から上がちょこっと確認《かくにん》できる程度。

髪《かみ》を整えスンと澄《す》まし、やや不機嫌《ふきげん》そうにも見える面持《おもも》ちだ。

二階では、白と赤の衣装《いしょう》に身を包んだ合唱隊が合図を待っている。

「ティグニス・ユシェ・レグルス国王陛下の、おなりでございます」

ざわつきの中、舞台袖《そで》からティグニス陛下が現れた。髪を後頭部で結び、頭には煌《きら》びやかな王冠《おうかん》が載《の》っている。

中央に立ち、客席を壇上から見渡《みわた》し、彼は微笑《ほほえ》みを浮《う》かべた。

「日頃《ひごろ》から私を支えてくれる者たちよ。こうして集まってくれたこと、実に嬉しく思う。即位してからの四年間、みなの協力なくしては成《な》し遂《と》げられなかったことも多い。今後もレグルスレネトの民《たみ》として、ともに太平の世を築いていくことが私の使命である――」

陛下の淀《よど》みない演説に、時折拍手喝采《はくしゅかっさい》が巻き起こった。その騒《さわ》がしさに紛れるように、ラーシュが私に耳打ちする。

「セルマさま、テオフィルスさまがこちらに視線を向けておいでです」

「ええそうね……気づいているわ」

ラーシュめ、セルマの隣に座ってずるい！　とでも言いたげに、ラーシュの方を睨《にら》んでいる。あの顔はきっと、私とラーシュが馬車に同乗してきたことにも不満を抱いている顔だ。ヘルムートも一緒《いっしょ》なのに。

とはいえ、そうやって彼が個人的な嫉妬《しっと》で夢中になっているということは、少なくとも会場内に悪魔憑きはいないと考えてよさそうだ。

「いいのです、ラーシュ。テオのことは放っておいて、わたくしたちはティグニス陛下のお言葉に集中いたしましょう」

国王が主役の場で、テオに軽率《けいそつ》な行動は取れまい。私は彼の視線を無視し、再び陛下に注目した。

「――今宵《こよい》より七日間の祭りが始まる。みな存分に楽しまれよ。我が国レグルスレネトに祝福を！」

陛下の宣言とともに、拍手が大きな波のように沸《わ》き上《あ》がった。こうして、私の数日間にわたる王都滞在生活が幕を開けたのである。

ティグニス陛下から招待を受けてやってきた来賓《らいひん》、という扱《あつか》いの私たちには、王宮内に滞在用の部屋が用意された。式典が終わってその部屋へと戻り、それぞれに軽食を取る。テオは不在。彼は王族なので、国民への挨拶《あいさつ》や貴族への対応など、すべきことが多いようだ。

夕方からの舞踏会に備え、食事のあとは着替《きが》えや髪のセットをする。

普段《ふだん》下ろしている髪は、編み込んでアップにして銀の髪飾《かみかざ》りを飾った。聖女服と同じく真っ白なドレスは、ボリュームも肌《はだ》の露出《ろしゅつ》も控《ひか》えめなぶん、レースと刺繍《ししゅう》で華《はな》やかさが足してある。うなじから背骨に沿って続くくるみボタンの整列と、腰にある大きめのリボンが印象的で気に入っている。

待ち合わせの時刻ぴったりに、ラーシュとヘルムートが私の部屋を訪《おとず》れた。

ヘルムートはジャケットの上に短いマントを羽織り、首には白いクラヴァット。一方ラーシュは神官のマントに似た形の詰襟《つめえり》ジャケット。二人とも仕度はバッチリだ。

「お迎《むか》えどうもありがとう。それじゃあ会場へ行きましょうか」

ヘルムートが小さく頷《うなず》き「はい」と返したのに対し、ラーシュは反応が薄《うす》い。目を見張り、私をまじまじと眺《なが》めている。

「セルマさま……お、お美しいです……とてもよくお似合いです‼」

「ありがとう。ラーシュもよく似合っているわ。もちろんヘルムートもね」

賛辞をサラッとかわし、私は二人を引き連れて会場へと向かった。

テオとは舞踏会で落ち合う予定になっていた。何時に、ということは決めていない。お互《たが》い出席はするので、時間ができたら合流しよう、と事前に話していた程度だ。

広さも美しさも国内随一《ずいいち》と謳《うた》われる王宮の舞踏室に入るのは、これで二度目。入り口でラーシュと腕《うで》を組み、私は足を踏《ふ》み入《い》れる。

舞踏室内ではすでに演奏が始まっており、ゆったりとした音楽に合わせて踊《おど》りを楽しむ人もいた。

隣に立つラーシュの緊張《きんちょう》をほぐす目的も兼《か》ねて、私は彼に話しかける。

「これから挨拶に回るから、ラーシュもついてきてね。空腹になったら遠慮《えんりょ》せず喫茶《きっさ》ルームへ行っていいけれど」

「承知しました。食事はいっそ抜《ぬ》いても構いません、セルマさまにお供いたします」

それはありがたいわ、と返し、さっそく私は参加者への聞き取り調査を始めることにした。とはいえ悪魔憑きが自らそうと名乗ってくれるわけがないし、黒聖女の件にしても軽率に話題にあげることで変に注目を集めたくない。だからこれは実質世間話である。

「ごきげんようウトリオ卿。ご無沙汰《ぶさた》しております、セルマです」

「これはセルマさま！　それと、神官のラーシュさまも。お二人がいらっしゃるとわかっていたら、教団に興味をお持ちのご婦人を紹介《しょうかい》しましたのに」

五十二歳、長身の既婚《きこん》男性。自信家だが傲慢《ごうまん》というほどではない。話術に優《すぐ》れ、方々に顔が利《き》く。教団の活動にも積極的に協力してくれるものの、根っからの善人ではなく損得勘定《かんじょう》により動くタイプ。

——私たちに、ということは、エトルスクスさまには紹介する予定はなかったということね。近い将来ラーシュが団長となった時のコネを作っておきたいんだわ。

彼の性格や本心を読みながら、私は相槌《あいづち》を打つ。

「そうだったのですね、ありがとうございます。その方とお会いできないのは残念ですが、また改めてお聞かせいただきたく存じますわ」

「ええ、もちろん。なんなら、祭りの期間中に顔合わせの場を設けましょうか？」

彼に焦《あせ》りが見られるのは、この機を逃《のが》したくないからだ。エトルスクスさまに干渉《かんしょう》されることなく、私とラーシュと話すことのできるこの機会を。

——教団を利用しようとしているのかも。注意した方がよさそうね……。

「まぁ！　それは大変ありがたいです。エトルスクス団長に急ぎ文を送り、日程調整に取《と》り掛《か》かりましょう」

思っていた通り、エトルスクスさまの名を出すと、彼はあからさまな動揺《どうよう》を見せた。

「……あぁいや、件《くだん》のご婦人、祭りの間は都合が悪いとおっしゃっていたような！」

ほらみろ、と思いながら、私はにこやかに微笑む。

「そうでしたか。では日程調整はまた後日にいたしましょうか」

「そうですね。また後日」

ウトリオ卿と別れ、私は次の対象へと近寄る。前髪《まえがみ》を分けて額を出した、太い眉《まゆ》が印象的な青年だ。

「ごきげんようオスヴァルトさま。先日はアピオン前団長の葬送《そうそう》に際し、お父さまからご浄財《じょうざい》を賜《たまわ》りました。どうもありがとうございました」

「ああ、セルマさま！　アピオンさまの件は突然《とつぜん》で何と申し上げたらいいか……。生憎《あいにく》親子揃《そろ》って参列は叶《かな》いませんでしたが、私も残念でなりません。お悔《く》やみ申し上げます」

二十五歳、独身。父親のスオラハティ卿が五十を過ぎてからやっと生まれた子で、とても大切に育てられた。しかし家名に驕《おご》ることなく、自らを律することのできる好青年。

「……ところで、お父さまのご体調はいかがですか？」

「心配には及びません、軽い風邪《かぜ》を引いただけです。体調には気を付けるように日頃から伝えているのですが、いくつになっても仕事人間で。早く床《とこ》に就《つ》くように言っても、遅《おそ》くまで起きて書き物を……って、あれ？　父が体調を崩していること、セルマさまにお伝えしましたか？」

六十一歳のエトルスクスさまでさえ、足腰《あしこし》の衰《おとろ》えが顕著《けんちょ》なのだ。さらにその十五以上もお年を召《め》している方となると、毎日どこかしらが不調だったりするものだ。

「いいえ。ただそのように感じましたので」

人智《じんち》を超《こ》えた力の存在を匂《にお》わすと、オスヴァルトさまが息を吞んだ。布教活動にはこういう小細工が案外役立ったりするものだ。

「お父さまとはお会いする機会に恵《めぐ》まれず、今回こそはと期待しておりましたが、難しそうですね。わたくしは四日目の朝までこちらに滞在しておりますが、無理は申し上げません。また体調の良き日にでもヲウル神殿《しんでん》にお越《こ》しくださるよう、お伝えくださいませ」

「お心遣《こころづか》い、感謝いたします。必ず父に伝えます」

スオラハティ卿にはそのうち手紙でも出してみようか、などと考える。金蔓《かねづる》とまでは言わないけれど長く大臣職にあるし、教団運営にご協力が仰《あお》げるならばそれに越したことはない。

「セルマ殿《どの》」

次は誰に話しかけようかと物色していると、背後から名を呼ばれた。身が竦《すく》んでしまいそうなその声は、振《ふ》り向《む》かずとも誰のものかわかる。

「ごきげんよう、ティグニス国王陛下。ご在位四周年、心よりお慶《よろこ》び申し上げます」

ラーシュとともに軽く膝《ひざ》を曲げ挨拶をする。国王に対する正式な作法ではないが、玉座もなく、壇上《だんじょう》にいるでもなく、客に紛れているような状況《じょうきょう》では、細かいことは省かれる。

ティグニス陛下は私の頭のてっぺんから足のつま先までをじろりと見て、意味ありげにニヤリと口《くち》の端《はし》を上げた。

「早くテオフィルスに会え。きっと面白《おもしろ》いことになるぞ」

「まあ。劇でも始まるのでしょうか？」

同じく「心を読む」と言っても、相手の反応をじっくり観察し本音を探《さぐ》っていく私と、わざと揺さぶりをかけて強引《ごういん》に本音を引きずり出す陛下では、「読み方」が全く異なっている。それがわかっているからこそ、私はわざとすっとぼけてみせた。

いつもと装《よそお》いの違う私を見て、テオがどう思うか。ついさっきのラーシュの状態を思い出すとむず痒《がゆ》い気持ちになるけれど、とにかくその手には乗るものか。

「……ご足労感謝する。存分に楽しんでいかれよ」

「ありがとうございます」

わざわざお声がけくださったからには、「黒聖女」に関する新たな情報でもあるのかと思ったけれど……完全に、私をおちょくるためだけに来たらしい。

――いつものことだけど、性格が悪い以外に感想がないわ。

ラーシュが私に耳打ちする。

「ティグニス陛下……何のご用事だったのでしょうか？」

「雑談よ」

挨拶をする相手が多いから、私たちに割《さ》ける時間はこんなものだろう。だけれども、完全なる雑談ってどうなの……。

深呼吸して気持ちを切《き》り替《か》える。王宮の舞踏室は五百名以上収容できるだろう。今夜は何名の客がやってくるのか知らないが、布教活動と情報収集を兼ねて可能な限りたくさんの人と言葉を交《か》わしておきたかった。

「セルマ！」

そうして再び数名に話しかけていたところ、私を呼ぶ声が聞こえた。

ティグニス陛下の声に酷似《こくじ》しているようで、全然違う。もっとこう……心が明るくなるような、ホッとするような。

それが誰かはわかっている。私のことを呼び捨てられる人間は、そう多くないのだ。

「悪い、遅くなった。なかなか挨拶が途切《とぎ》れなくて……」

「テオ……――」

タイの位置を直しながら、テオが早足で近づいてきた。

ボルドー色のジャケット。同色のマントが肩に掛けられ、歩くのに合わせて金色の飾りや裾がひらひらと踊った。

いつもならば無造作に分けているだけの前髪も、今日に限っては全て上げてあった。額が露出し、まっすぐな眉もその視線も、遮《さえぎ》るものが一切《いっさい》ない。

「やあセルマ。数日ぶりだな」

「うん、テオ……」

──これは……テオ？　テオだけど……こんなテオは見たことない。なんだかいつもより、いつもより……。

テオが私の正面にいる。つい数日前までは、朝から晩までほぼずっと一緒だったテオ。輔祭《ほさい》で、私の側仕《そばづか》えをしてくれていて。彼の存在は決して珍《めずら》しくないはず。なのに視線が逸《そ》らせない。妙《みょう》に動悸《どうき》が速いけど、嫌《いや》な気分ではなかった。心臓がぎゅっと締《し》め付けられているみたいで苦しいのに、もっとこの感覚を味わっていたいとも思った。

「ドレス姿、初めて見た。よく似合ってる」

「ええ、ありがとう……。テオも……すてき」

よく見なければわからない、彼の額にうっすら残っている傷痕《きずあと》。耳たぶは小さめで、耳から続く下顎《したあご》のラインは男らしく骨張っている。

私とは違う骨格、パーツの大きさ、形……。

猪突猛進型《ちょとつもうしんがた》で、こうと決めたら突《つ》っ走《ぱし》るテオ。その単純さと短慮《たんりょ》なところを頼《たよ》りなく感じたこともあった。

それなのに今、彼の欠点が私の中で全て帳消しになったような気分だ。

——どうしよう、テオに吸い込まれそう。……触《ふ》れたい。もっと近くにいたい。

無意識に、足が一歩前に出た。テオが手を差し出してくれたので、私はそこに自分の手を——。

「もしかして、セルマさまって……」

ハッとして、私はラーシュを確認する。目を細め、私たちを訝《いぶか》しげに見つめていた。

重ねかけていた手を素早《すばや》く引っ込めて、私はスススッと二歩下がる。

「こっこれでテオとも無事会えたわね！　よかったわ、いつもの面子《メンツ》が揃ったわ」

今の私、絶対どうかしていた。心臓がバクバクに暴れている。耳もジンジンと熱い。ドレスの下で脂汗《あぶらあせ》を垂らしながら、慌《あわ》てて周囲の気配を窺う。

……誰も今の私たちを気にしている人はいなそうだ。でも、胸を撫《な》で下《お》ろすにはまだ早い。

ラーシュだ。私のすぐ横にいるラーシュが、私とテオの様子を訝《いぶか》しんでいる。

私はドレスの裾を摘《つま》み、テオに向かって頭を下げた。

「テオフィルス殿下《でんか》、ごきげんよう。ティグニス陛下のご在位四周年、誠《まこと》におめでとうございます。陛下の治世がこの先十年、二十年と続くことを、心よりお祈《いの》り申し上げます」

「ああ、ありがとう。……だがセルマ、そんなに堅苦《かたくる》しくしなくても」

「今日の殿下はナミヤ教団の輔祭としてではなく、王弟殿下としてこの場にいらっしゃるのでしょう？　であれば、普段の態度は改めるべきとわたくしは存じます」

というのは、即興《そっきょう》で考えた照《て》れ隠《かく》しだ。

いつも通りに接したら、余計な何かが出てきてしまいそうになる。だからいっそ接し方を変え、誤魔化《ごまか》そうとしたのである。

ラーシュはへえなるほど、と感心しているし、テオもテオで気づいていない。ヘルムートは無言。

「……そうか。それもそうだな、セルマ……ど、殿《どの》？」

敬称《けいしょう》を用いられるなんていつぶりのことか。それはそれで新鮮《しんせん》で、クスッと笑いが込《こ》み上げた。

「ごめんなさい、やっぱりいつも通りでもいいかしら。慣れないことはするものではないわ」

何はともあれ、いい感じに緊張がほぐれた。大丈夫、私は大丈夫だ。……何が大丈夫かよくわからないが、この際わからないままでいたい。

それとは別に、わかったことがある。先ほどティグニス陛下がおっしゃった「面白いことになる」とは、テオが私に見惚《みと》れる——だけでなく、私がテオに見惚れて醜態《しゅうたい》を晒《さら》すことだったのだ。この感情は屈辱《くつじょく》以外の何ものでもない。あの男、絶対に許さない……。

ここから先は四人で挨拶回りだ。テオがいればまた違った話が聞けるかもしれない、と改めて周囲に意識を向けたところ、背後からの視線に気づく。

「テオフィルス殿下、ならびに聖女セルマさま。それから……？」

立っていたのは見たことのない、小柄《こがら》で痩《や》せ型の男性だった。声からして歳《とし》は五十前後といったところか。白髪《しらが》と痩《こ》けた頬《ほお》のせいで六十歳くらいに見える。

「……と、失礼いたしました、まずはこちらから名乗らせていただきます。セルマさまとお連れの方にはお初にお目にかかります、マクテヤ・ガイラルトと申します」

「初めまして、セルマと申します。こちらは神官のラーシュ、それから修道騎士のヘルムートです。お名前から推察するに、西部の街コルチリーの領主さまでございましょうか」

コルチリーといえば王都から馬車でおよそ二日の距離にある街だ。森が多く道も悪いので、片道だけでもひと苦労だと聞いたことがある。

よくぞご存じで、という台詞《せりふ》に微笑みながら、彼とテオとの温度差が気になった。ガイラルト卿は既知《きち》の仲としてふるまっているが、テオの態度には戸惑いが見られ、まるで初対面のよう。

どういうことかと見守っていると、すぐにテオがあっと声を上げた。

「ガイラルト卿か！　随分《ずいぶん》痩せられたのだな……すぐに気づけず申し訳ない」

「とんでもございません、私も老いの残酷《ざんこく》さをこの身で感じているところでございます」

そう言って笑いながら、ガイラルト卿は痩けた己《おのれ》の頬を撫でた。

「セルマたちに説明しておく。今から六年前に、彼の屋敷《やしき》で一晩世話になったことがあったんだ。父に同行した視察の途中《とちゅう》で雨に打たれ、身動きが取れなくなったところを助けられた」

夫人は元気か、イェリンも成長しただろう、と饒舌《じょうぜつ》になって現状を尋《たず》ねるテオを横目に、私はガイラルト卿の表情が一瞬引《ひ》き攣《つ》ったことに気づく。

「妻は相変わらず体が弱く、領地にて静養を続けております。娘《むすめ》は今年十八になりました」

テオが背を反《そ》らし、驚きに目を丸くする。

「もうそんな年齢《ねんれい》か！　久しぶりに会ってみたいな」

イェリンという、十八歳の女性。六年前に会った時は、十二歳の少女か。女性恐怖症《きょうふしょう》だったテオが抵抗《ていこう》なくその名を口にできるのも、その少女が恐怖の対象ではなかったからなのだろう。

「それはちょうどいい！　実はほんの三ヶ月前に王都に居を移したところだったのです。

第三夜には舞踏会も開催しますから、ぜひお越しくださいませ。イェリンも参加いたしますので」

「居を移した？　領地がありながら？　何かしら陛下から王都での職を任されたのか？」

陛下は黒聖女がどこの誰とはおっしゃらなかった。私はその理由を、探れば簡単に辿り着ける人物だからと推測したけれど……当たっていたのかもしれない。

ガイラルト卿が身振《みぶ》り手振《てぶ》りを交えながら説明する。

「いいえ、そうではございません。イェリンが授《さず》かった『聖なる力』を広く人々に伝えるため、田舎《いなか》から出て参った次第《しだい》にございます」

「……………聖なる、力？」

テオの声がうわずった。

「イェリンは一年ほど前、不思議な力に目覚めました。人の心を読み、未来を予知する力。セルマさまがお持ちのものと同じ、『聖なる力』です」

テオとラーシュが二人して私の顔色を窺った。どうするのだと、どう反応すればいいのかと指示を仰いでいる。仕方がないので、ここは私が話を引《ひ》き継《つ》ぐ。

「それでガイラルト卿は、イェリンさんが聖女かどうか、現聖女のわたくしに判断してほしいとおっしゃるのですね。必要に応じ教団との仲立ちもしてほしいと」

「さすがは聖女様。おっしゃる通りです、あの子の力は本物です。虹色《にじいろ》の瞳《ひとみ》、聖痕《せいこん》、聖なる力。聖女としての三要件を娘は満たしているのです！　ですからどうか——」

「承知いたしました。我々が神殿へ戻るのは四日目の朝ですから、第三夜でしたら問題ございません。こちらこそ、是非《ぜひ》ともイェリンさんにお会いしたく思います」

瞬《まばた》きの回数が多い。汗《あせ》をかいている。やたらと早口だし、抑揚《よくよう》にぎこちなさを感じる。

ガイラルト卿の瞳を覗《のぞ》き込みながら、緩《ゆる》やかに微笑んでみせた。安心させるためではない。彼の反応を見るためだ。

「それに加えてガイラルト卿、何があなたさまをそこまで追《お》い詰《つ》めているのか、教えてくださると一番よいのですけれど？」

彼が目を見開いた。目の奥には怯《おび》えの色があるが、私に対する怯えではない。何か言おうとして口を開けても、声を発するには至らない。勇気が足りないのか、言えない理由があるのか……。咄嗟《とっさ》に口を押さえた手には、小さな震《ふる》えが見られた。

——恐怖？　苦しみ？　少なくとも、娘さんがなんらかの鍵《かぎ》を握《にぎ》っているのは間違《まちが》いなさそうね……。

「あ、あっはっは、何をおっしゃいます。私が追い詰められている？　……まさか！」

言いたい、けど言いたくない。あるいは、言えない。そんな葛藤《かっとう》を感じる。

「それではこれで失礼いたします。舞踏会、みなさまのお越しをこころよりお待ち申し上げております」

マクテヤ・ガイラルト。家族は妻と娘が一人。愛妻家で、妻が帯同できないところへは絶対に行かない男なのだと、西部出身の信者から耳にしたことがある。

──それなのに、妻を領地に残し娘と二人で出てくるものかしら？　いくら娘に特別な力があったとしても、大切な妻を置いて……？

ガイラルト卿の後ろ姿を眺めながら、ラーシュが恐《おそ》る恐《おそ》る尋ねる。

「セルマさまは、ガイラルト卿に何を見たのですか？」

見た。あるいは、感じた。だが、口に出せるほど明確なものではない。

「……今言えるのは、聖女云々《うんぬん》の話がイェリンさんだけの単なる狂言《きょうげん》ではない、ということくらいかしら」

これまでにも、聖女だと名乗って詐欺行為《さぎこうい》に及《およ》ぶ者がいなかったわけではない。今回の件もそうならばいいと思いつつ、そんなに単純な話ではなさそうだ、という予感もある。

しかし警戒《けいかい》させるばかりでは、ラーシュも気が休まらないだろう。

「安心してラーシュ。問題が見つかったのならあとは解決するだけ。そうで──」

誰かが私の手を握った。指先につながる手を辿ると、その先にあったのはテオの顔。

「音楽が変わった。セルマ、踊ろう」

「え？　……え⁉」

──いや今ラーシュと話していたんだけど？　イェリンさんのことは？　踊ろうったっ

て、私は貴族令嬢《れいじょう》じゃないんですけど⁉

「わたくしは結構よ、壁の花で十分――」

「そんなこと言わず、ほら！　一曲だけでいいから」

「テオ！　ちょっと、やめ――」

あっという間にホールの中央へと引っ張り出されてしまった。周囲がテオの存在に気づき、おや、と注目が集まり始める。女性を避《さ》けてきたうえに、一年も王宮を空けていた王弟殿下が女を連れて現れたのだ。みな気になって当然だ。

仕事柄注目されることには慣れているものの、今回ばかりは居心地《いごこち》が悪い……。

「無理よ、私ダンスなんて踊れない――」

「問題ない、俺がリードするから」

テオはすでにその気だ。ワクワクしながら私の腰に手を回す。

ラーシュには聞かせたくない話でもあるのかと思ったが、テオのことだ、そこまで考えてはいないだろう。久しぶりの舞踏会に多少浮かれているのかもしれない。

密着する体、目の前にはテオの胸、見上げてもそこにはテオの顔。そして、「ん？」と私を見下ろす彼の表情の、なんと王弟殿下然としていることか。

こうなっては、もうダメだ。頑《かたく》なに拒《こば》んだらテオの体面に傷がつくし、聖女としてもそんな姿を衆人に晒すわけにはいかない。

――となれば、一曲だけの辛抱《しんぼう》か……。

音楽に合わせてステップが始まった。時折ふっと逸れるテオの視線。体の重心が傾《かたむ》く方向。それらを観察していれば、彼の向かおうとする先がわかった。だからそんなにまごつくこともない。

正装に身を包んだテオは、正直いつもの五割増しに見えた。その生《お》い立《た》ちからは想像もつかないくらい表情豊かで純粋培養坊《じゅんすいばいようぼっ》ちゃんだったはずなのに、今日のテオは正真正銘《しょうしんしょうめい》の貴公子みたい。……実際にそうなんだけど。

「イェリンさんってどんな少女だったの？」

この際ダンスは仕方ない。とはいえ、見つめ合うだけの時間にするのもなんだかいたたまれなかったので、至極《しごく》真面目な質問をしてみた。

「深く会話したわけではないが……大人しい子だったな。ガイラルト卿も我《わ》が儘《まま》を言わない自慢《じまん》の娘だと言っていた」

「大人しい子……」

――そんな子が聖女を騙《かた》る？　でも、テオの抱いた印象だけで決めつけるのも……。

私が考え込んでいると、テオが腕に力を入れた。胴《どう》がギュッと密着し、何が起こったのかと彼を見上げる。

「……何よ、苦しいじゃない」

衆目があるため笑顔《えがお》のまま抗議《こうぎ》すると、テオが頭を下げ私の耳元で囁《ささや》く。

「せっかくこうして踊っているのに、考え事ばかりだな。気がかりなことがあるのもわかるが、今は俺のことだけに集中してくれないか？」

耳に吐息《といき》がかかった途端《とたん》、心拍《しんぱく》が乱れ始めた。汗が噴《ふ》き出し、目が泳ぐ。

「……この距離を許しているだけで十分だと思ってちょうだい」

言葉では強がってみたものの、私はかなり混乱していた。しかしテオはお構いなし。

「無理だな。セルマがかわいくて仕方ないんだ。この数日会えなかったのだから、飢《う》えているというのもある。もっと君を吸いたい」

——吸う？　吸うって……なにを？　私を⁉　どうやって⁉

常軌《じょうき》を逸《いっ》した口説《くど》き文句だ。テオの思考が全く読めず、答えを求め彼の顔に見入る。

きらきらとゆらめく虹色に変化しつつある空色の虹彩。その中心の瞳孔《どうこう》は大きい。

——いや綺麗《きれい》ですけれども。顔面で私を落とそうったって、その手には乗らないからね！

「今日のセルマは一段とかわいい。誰にも見せたくない。本当は、君を見た瞬間《しゅんかん》どこかに閉じ込めておきたいくらいだった。こんなことを考える俺はおかしいのだろうか？」

「おかしいわよ……もっと冷静になりなさいよ」

「抱きしめても？」

「ダメに決まってるでしょ。ダンスの途中よ」

「キスをしても？」

「もっとダメ」

手袋《てぶくろ》をしていてよかった。素手《すで》で触れ合っていたら、私がどれだけ手汗をかいているかバレていた。ときめいているわけでは断じてなくて、突然の事態についていけていないだけ。

「わたくしは聖女。あなたは王弟殿下。立場に応じた振《ふ》る舞《ま》いをしましょう」

テオは相変わらず全然わかっていない。私を好きでもいいけれど、感情を出す場は選んだ方がいい。

「セルマ、もう一曲――」

曲が終わり、解放されると思いきや、テオから恐ろしい提案がなされた。ヒィ、という悲鳴を呑み込み、恭《うやうや》しく頭を下げる。

「せっかくですが、お断りいたします。素敵《すてき》な時間をありがとうございました」

裾を摘んで礼をして、私はテオに背を向けた。が、私と入れ違いになるように一人のご令嬢がテオのもとへと駆《か》け寄《よ》っていく。

「もしよろしければ、次はわたくしと踊っていただけませんか？」

年頃のご令嬢らしい、上品で華やかな声だ。

――そうよ、そうやってテオを捕《つか》まえていて！

ようやくテオから解放され、その隙《すき》に退散しようとするも、私の耳は後ろから聞こえてくるテオの声を拾ってしまう。こんなにも賑やかな場所なのにもかかわらず。

「申し訳ないが、そなたと踊ることはできない。俺はセルマ殿以外とは踊らないと決めている」

私の名が飛び出たことにびっくりして、足が止まった。それと同時に顔がかあーっと熱を帯びていくのを感じる。

――違う。違う違う、この感情は錯覚《さっかく》よ。嬉《うれ》しいなんて思ってない……！

「まったく、テオフィルスさまときたら、無理やりセルマさまを連れ出すなど！　こんなにお顔が真っ赤になるほど付き合わされて、セルマさまもさぞやお疲《つか》れでしょう」

顔の赤さをダンスのせいだとラーシュは誤解してくれた。ありがたいが指摘によって余計に赤くなりそうで、頰に手を当て笑って誤魔化す。

「うん、ええ、大丈夫よ！　疲れたわ！」

「……どっちです？」

2

王宮は広い。王族の住まいのみならず、会議室や資料室、催事《さいじ》に使う広間、そして練兵場を有しておきながら、さらに客間も多くあった。私とラーシュとヘルムートはその客間の隣《とな》り合った三部屋に泊《と》まっている。

「つ、疲れた……」

湯を頂き、体を清め寝巻《ねま》きに着替《きが》えた私は、大きなベッドに突《つ》っ伏《ぷ》した。

式典に続き、舞踏会。脳がフル回転した一日だった。

馬子にも衣装という諺《ことわざ》があるように、正装に身を包んだテオの姿は想像以上に似合っていた。この私が、この聖女セルマさまが、不覚にも見惚れてしまうほどに。

しかも私をダンスに誘《さそ》い、無理やり踊らせるだなんて。

彼の好意は以前から知っているところだけれども、思ったことを何でも伝えたらいいってわけじゃない。なんだ、吸いたいって！　人前なのにキスしたいって！

「ただでさえ考えることが多いのに、テオのせいで悩《なや》みが一つ追加された気分だわ」

モヤモヤが我慢《がまん》できなくなって独り言を呟いていたら、ノックの音が来訪を知らせた。

こんな時間に誰だろうか。隣の部屋のラーシュたちにはすでにおやすみの挨拶を済ませているし……と考えながら、ベッドから下りてケープを羽織り、扉《とびら》に向かって呼びかける。

「どなたでございましょう？」

「俺だ。テオフィルスだ」

「……テオ？」

ドキリとした。いつもノックをしない彼にしては珍しい。時間帯や、ここが王宮であることを踏まえ配慮してくれたのかもしれないけれど。

「どうしたの？　もう深夜なんだけど」

胸の前でケープをぎゅっと握りながら、私はおずおずと扉を開けた。

テオはマントを羽織っていたが、中に着込んでいるのは寝巻き。湯を浴びたあとなのか、前髪が垂れて額を隠していた。

「今日はあまり一緒にいられなかったし、セルマの姿があまりにもかわいくて大事な情報共有を怠《おこた》ってしまった。申し訳なかった」

あまりにもかわいくて、というのは聞かなかったことにしておく。にしても、わざわざ謝りにきたのなら、テオも多少反省してくれたということだろうか？

「……いいえ、緊急《きんきゅう》を要する事態にはならなかったのだから問題ないわ。今日の式典と舞踏会の出席者に、悪魔憑きはいなかった。そういうことよね？」

テオが頷く。

「ガイラルト卿も正真正銘の人間だった。イェリンの力の話は本人に会ってみないとわからない。そもそも、どこまで信じたらいいのか……」

ちょうどいい、と私は口の端を上げる。

「ねえテオ、明日の日中自由になる時間はある？」

「二日目以降は元々セルマと過ごす時間に充《あ》てようと思っていたから、ある」

「言い方が気になるけれど、まあいいわ。それじゃテオ、ちょっと私に付き合ってよ」

「⁉」

テオが目を見開き、顔中の筋肉がぎゅっと上がった。

「あっ違う、そういう意味じゃ――」

「セルマ！　いいとも、付き合おう！　よかった、ようやく俺を受け入れる気になってくれたのかっ！」

身の危険を感じ一歩下がったが、それ以上にテオの腕は長く、あっという間に抱きしめられた。寝巻きは薄くお互いの肌が妙に近くに感じられ、体がカッと熱くなる。

「違う、私と付き合ってじゃなくて、私に付き合ってと言ったの！　明日！　街に聞き込みに出たいだけ！」

ラーシュとヘルムートまで誘うと、大所帯となり目立ってしまう。極力少人数でコソコソ行動したかったし、そもそもラーシュは教団が運営している養護施設《しせつ》に用があるから同行は頼《たの》めなかったし、ということも併《あわ》せて早口で捲《まく》し立てた。

「…………ああ、そういうことか……」

しばらくして事態を把握《はあく》したテオが、しょぼんとしながら私を解放してくれた。

「わかった。もちろん、聞き込みには同行する」

「それはよかったわ、ありがとう。王弟だとバレないよう変装してきてね？　私も聖女だとバレないように変装するから」

「お忍《しの》びデートというわけか？」

テオが諦《あきら》め悪く再び目を光らせた。これはもう、お決まりの流れなのかもしれない。

「さっきみたいに突然襲《おそ》ったりしてこないのなら、何とでも言ったらいいわ」

「デートだな、わかった。今度こそセルマを骨抜《ほねぬ》きにしてみせる！」

投げやりに返してもテオは元気いっぱいだ。その元気、私にも少し分けてほしい。

「ほら、いい加減そろそろ休まないと。これから数日間、舞踏会漬《づ》けでしょう？　体力があっという間に枯渇《こかつ》しちゃうわ」

「舞踏会、か。そうだな……」

テオの表情が曇《くも》った。それを見て、今日の舞踏会で彼がご令嬢にダンスを誘われていたことを思い出す。

「憂鬱《ゆううつ》なのはわかるけど、お兄さまのお祝いなのだし。今日みたいに私を言い訳にしてもいいから、踊らないにしても姿だけは出しておかなくちゃ」

テオは王弟でありながら、三周年のお祝いは神殿に籠《こ》もってすっぽかした。前回どう言い訳をしたのか知らないが、今度こそは出ておかないと王弟としての面目も立たないだろう。

「……言い訳？　違う、あれは本心だ。そうではなくて……セルマのドレス姿がとても美しかったから、独《ひと》り占《じ》めしたくて」

また出た、歯の浮くような台詞。

気づいたらテオに片手を取られていた。信者たちに触れさせるのは、聖痕の刻まれた左手。でも、彼が握ったのは右手だ。

指の腹が皮膚《ひふ》を撫でる。大切に、慈《いつく》しむように、指を絡《から》ませ私に触れる。

「テ、テオ？」

ぞくぞくした。この感覚を、私は知らない。

心が乱れている。これはよくないと思い、気合いを入れ直そうとしたら、誤ってテオの手をぎゅっと握り返してしまった。

テオがふっと笑った。ランプの弱い明かりしかないのに、眩《まばゆ》いと感じてしまうのはなぜだろう。

「セルマの顔が赤い。かわいいな」

「え⁉」

ドキッと心臓が大袈裟《おおげさ》に跳《は》ねた。その隙に上の方から軽《かろ》やかな唇《くちびる》の音が聞こえ、額にキスをされたのだと気づく。

暗くても、近いからわかる。唇を噛《か》み、頬が緩むのを堪《こら》えようとしている表情。優《やさ》しさいっぱいの瞳が、まるで私を網膜《もうまく》に焼き付けんばかりに見つめている。

「おやすみ」

そしてそのまま一歩下がり二歩下がり、扉を閉めてテオは去っていった。

「……な……なん……？　なんなの……？　なんであんなに心臓に悪い⁉」

頬に手を当てた。指先の冷たさとは対照的で、燃えるように熱かった。途端に膝が笑い始める。

「あの男、女性恐怖症じゃなかったら稀代《きたい》のタラシになっていたのでは？」

私がテオに望むのは、「聖女と輔祭」の関係性のみ。現状維持《いじ》で十分だ。

大丈夫、まだ大丈夫……と心の中で唱えながら、ようやく私は王都での一日目を終えた。


そして二日目。

待ち合わせ場所は広場のど真ん中。馬車が通るゆとりを残し、無数の露店《ろてん》が列を成している。ここは食べ物の店が多く立ち並ぶ通りなので、昼時の今は特に行き交う人が多い。

指定の場所に現れたテオに、私はここよ、と手を上げて知らせる。

いくら街娘の格好をしていても、銀の髪に虹色の目という私の色はどうしても目立つ。だからフード付きマントで隠していたのだ。

対するテオの装いも、地味な色に特徴のない質素な服。さらにその上にはマント。生地自体は上質だけど、彼の身分を隠すには十分だ。

「なかなか似合ってるじゃない」

「セルマも……とてもかわい――」

「はいはい、ありがと。今日は私のことは『サシャ』と呼んでね。私もあなたを『エイギル』と呼ぶから」

「……サシャ？」

「サシャは私の母の名前。エイギルは修道騎士の名前。お忍びなのに、本名を名乗ってはすぐにバレるかもしれないでしょう？」

父の名は使わせない。母と父の名を一緒に使って、テオが夫婦《ふうふ》役だと誤解したら大変だ。

そういうわけで、無関係のエイギルの名を借りることにしたのである。

偽名《ぎめい》を使う理由を告げると、「それもそうか」と納得《なっとく》して、テオの眉間《みけん》の皺は消えた。

「じゃあ、今夜もまた舞踏会が控えているし、パパッと終わらせてしまいましょうか」

そう言って、私は露店の一つを指した。チーズの焼ける香《こう》ばしい匂いを漂《ただよ》わせている屋台だ。

「まずはあれよ！　あれを食べてみましょう！」

舟型《ふながた》にした小麦粉生地の中に、スライスしたトマトと卵、その上に粉チーズがふりかけてあるのが見える。お金を払《はら》って一つ受け取り、熱々のまま口に頬張《ほおば》る。

トマトの下には野菜と炒《いた》めた牛ひき肉が敷《し》き詰められていた。中に仕込まれたチーズが糸を引き、噛めば噛むほどさまざまな香辛料《こうしんりょう》の味が口の中いっぱいに広がる。

「……セ、……サシャ？」

唐突《とうとつ》に買い食いを始めた私に、テオが当惑《とうわく》している。

「昼食を抜いてきたから、お腹《なか》が空いちゃって。すごく美味《おい》しい。あっ、こっちのは何が入っているのかしら？」

次に私が目をつけたのは、こんがり焼き色のついた、手のひらサイズの小ぶりなペストリー。ぐるぐるに巻かれた薄い生地越しに、中の具の色が透《す》けて見える。

「右から順にホウレン草、じゃがいも、ひき肉入り。この赤いのはザクロのソースだ」

店主から説明を受け、私はホウレン草と言われたものを一つもらう。バターが練り込まれた生地は、想像以上にサクサクだった。それがまた、食欲をそそる。

「カリカリの燻製肉《くんせいにく》と、ほのかな甘味《あまみ》は蜂蜜《はちみつ》？　沁《し》みる美味しさだわ！」

私が舌鼓《したつづみ》を打っている隣で、どういうことだと訝しむテオ。

「なあサシャ……まさか、食べ物目当てに来たんじゃないよな？」

「まあまあ、まずは腹ごしらえよ。昨日馬車で近くを通りかかった時、すごく美味しそうな匂いがしたの。実際すごく美味しいし？　ほら、エイギルも食べてみて！」

持っていたペストリーを差し出すと、ほんの一瞬身構えたものの、テオは観念したように口を開き、ガブッと勢いよくかぶり付いた。

「……うまい」

「でしょう？　バターの香りもすごくいい」

買い食いなど許されなかった身分のせいか、私が連れ回すうちにテオも次第に楽しくなってきたようだ。彼の方から先んじて「これが美味しそうだ」と言って私に薦《すす》め始めた。

腹に溜《た》まってきたら、次はデザートの店へ。二人で感想を言い合いながら食べ歩いていると、とある露店の店主が声をかけてきた。

「お嬢《じょう》ちゃん、とても美味しそうに食べるなあ。客寄せとしてうちの店先でずっと食べていてほしいくらいだ」

「ありがとう。だって本当にすごく美味しいんだもの。これはどこの料理なの？　私たち東の田舎から出てきたんだけど、こんなに美味しいもの食べたことないわ」

「ああ、東の出身者には珍しいかもね。これはコルチリー周辺でよく食べられてる西部料理だ。この露店列には西部人が固まってんだよ」

西部、と聞いてテオが勘《かん》づいたようだ。

見ず知らずの人間から突然根掘《ねほ》り葉掘り聞かれたら、たとえ情報を持っていても気安く話す気にはならない。だからまず接点を作って警戒を解かせるために、私はこの露店に並ぶ数々の料理を利用することにしたのである。

「コルチリー？　ねえエイギル、せっかく王都まで出たんだし、帰りに足を伸ばしてみましょうよ。ちょっと興味が湧《わ》いちゃった」

テオの代わりに店主が笑う。

「ははは、残念だが何かのついでで気軽に行けるところじゃないんだよなあ。距離もあるが、それより道が悪くてね」

「そうなんですか……」

残念そうにしていると、気の毒に思ったのか店主が慰《なぐさ》めてくれる。

「そのうち街道が整備されるらしいから、そうしたら遊びに来な。コルチリーはのどかな田舎街だが、料理がうまいし人も優しい。ついでに、黒聖女の出身地でもある」

「……黒聖女？」

かかった！　さらに情報を引き出すため、私は初耳を装い聞き返した。

「そうさ。ナミヤ教の聖女が白い髪だから白聖女。コルチリーの聖女は黒い髪だから黒聖女ってわけだ。領主さまの娘だが、今ではそう呼ばれているんだ」

話しぶりが誇《ほこ》らしげだ。西部では信頼《しんらい》され、慕《した》われているということだろうか。

「俺が聞いた話では、突然現れた黒聖女がとある男を指さして『お前は明日、雷《かみなり》に打たれて死ぬ』と言ったんだと。そしたら翌日、その男は本当に雷に打たれて死んじまったらしいんだ」

不吉《ふきつ》な予言をするという、ティグニス陛下から伺《うかが》った話とも一致《いっち》する。

「凄《すご》いわ、予言じゃない！　……でも、それって本当なの？　作り話なんじゃない？」

私が茶化すと、彼は真剣《しんけん》に否定した。

「俺も最初はそう思ったよ。しかし病気や死期を言い当てられたやつは一人や二人じゃないらしい。噂を聞きつけて透視《とうし》を頼みにくる貴族なんかも多く、今じゃ一年先まで予約が埋まっているとか」

どこまでいっても伝聞か。私はテオの腕にそっと手を掛け、不安そうに言う。

「怖いけど……でも、みんな信じているのね」

「確かに、黒聖女のことを恐れたり信用しようとしないやつもいるけど、『認める』ことはナミヤ教の最も大切な教えだろう？　だから、自分の結末を知っておく方が、穏《おだ》やかに余生を生きられるって女神《めがみ》のお墨付《すみつ》きなわけよ」

「………………」

――そんなこと女神は言っていない。『認める』の解釈も違う。なんなの、黒聖女は教団に喧嘩《けんか》を売りたいわけ？

「まぁでも、今や貴族じゃないと予言どころか直接会うことすら難しいけどな。その代わり不幸を退ける祭壇《さいだん》ってのを売ってもらえるから、うちはそれを置いてるよ。透視を頼むより安価だから、コルチリーの人間ならどこの家にも一基はあるね」

金策も抜け目がない。ますます胡散臭いけれど、店主はニカッと爽《さわ》やかに笑う。

「どっちにしろ、黒聖女も祭りの前に王都に居を移したらしいから、運が良ければ会えるかもな」

「わかったわ、ありがとう。会えるよう祈ってみるわね」

最後に礼を告げ、私たちはその場を離《はな》れた。

「セルマ、今の話どう思う？」

歩きながらテオが尋ねた。

「サシャよ。……陛下から聞いていた通り、不吉な予言で信者を増やしているのは事実のようね。人々の恐怖を煽るばかりかナミヤの教義まで利用するのは許し難いわ。貴族の依頼で金をふんだくり平民には祭壇まで売りつけてくれちゃって！　ゴミよどうせそんなもの」

「……セ……サシャ、ちょっと待ってくれ、早口すぎて最後が聞き取れなかった。もう少しゆっくり頼む」

私はニッコリ微笑んだ。

「とても腹を立てているってことよ。裏に誰がいてもいなくても関係ないわ、二度とこんなことしようと思えなくなるくらい、コテンパンにぶちのめすだけ」

「わ、わかった。俺も協力する」

私の気迫《きはく》に圧《お》されたのか、とりあえずテオの協力を取り付けることはできた。

「さ、それじゃそろそろ帰りま――」

情報も得られたし腹も膨《ふく》れたことだし、とお開きを提案しようとしたら、テオに手を握られた。意図がわからず彼を見たら、眩《まぶ》しい笑顔が目に飛び込んできた。

「次はどこに行く？　土産《みやげ》を買ってもいいし、アクセサリー屋もいいな！　デートの記念にサシャに何かプレゼントしたい」

「……本気で言っているの？　今日も明日も、夜には舞踏会が控えているのよ？」

「だから遊ぶなら今のうちだろう？」

ほら、と言ってテオが私の手を引くので、意思に反して足が前に出た。それをテオは合意が得られたと勘違《かんちが》いし、ずんずん先を進んでいく。

「もう……」

困ったやつだと呆《あき》れながら、私はその手を振《ふ》り解《ほど》けなかった。これではまるで、本当のデートみたいじゃない……と思いながら。

3

舞踏会に参加できるのは、貴族や貴族と付き合いのある者に限られる。具体的には豪《ごう》商《しょう》や、私のような宗教関係者。

そんな人々が集まって連日連夜宴会《えんかい》を催すことは、一見意味がないようで実はとても重要だ。貴族たちの人脈は広がり、参加できない平民にしても、衣装や食材の発注で平時よりもはるかに懐が潤った。

第二夜以降、舞踏会の場は王宮から貴族の屋敷へと移される。王都の一等地のあちらこちらで代わる代わる盛大《せいだい》なパーティーが催されるのだ。

私が足を運んだのは、そのうちの一つ、デント卿主催《しゅさい》の舞踏会。参加者はざっと百五十名というところか。

隣に立つテオは、舞踏室に入ってまず真っ先に会場内を見渡した。その表情を私は横で観察する。

誰かに注目するでもなく、顔色を変えるでもない。この中に悪魔憑きはいない、ということだと推測するが、入れ替わりも多いので拙速《せっそく》な判断は禁物だ。

振り返り、ラーシュに声をかける。

「ラーシュ、気をつけてね。人が多いから、すぐ迷子になっちゃう――」

喋っているそばから、腕が引っ張られ体幹が揺れた。前触《まえぶ》れもなくテオが私の体を抱き寄せたのだ。そのせいで私の顔面が彼の体にボフッと埋まる。

誰が見ているかもわからない場で、何をしてくれるんだ……と怒《おこ》りかけたものの、背後から「おっと失礼」と軽い謝罪が聞こえてきたことで冷静になる。

——あ、私がぶつからないようにしてくれたのね。

案の定、すぐにテオが腕の力を緩め、大丈夫か？　と確認してくれる。

「ありがとう、大丈夫よ」

礼を告げると、背後からラーシュが苛立《いらだ》ちを零《こぼ》す。

「それにしても今夜の主催者、招待する人数を間違えたのではありませんか？　かなり窮屈で、こんな状況でダンスなど踊られた日には……。セルマさま、一度外へ出ますか？」

「そうね……ひとまず、主催者のデント卿に一言ご挨拶をしてからかしら」

舞踏室は弦楽器《げんがっき》の音色に満たされていた。会が終わるまで演奏は続くが、曲と曲の間の数秒間だけは、音楽が消え人々の話し声や床の上を歩く靴《くつ》の音に替わる。

そんな中、場にそぐわない単語が聞こえた。

「——……悪魔……くないものがこの中に……わ」

その女性の声は喧騒《けんそう》に紛れ途切れ途切れにしか聞こえなかったが、「悪魔」という単語だけは辛《かろ》うじて拾えた。私はテオと顔を見合わせる。

「今、聞こえた？『悪魔』と」

「ああ、聞こえた。……どういうことだ？」

そのうちに新たな曲の演奏が始まったが、すぐに叫《さけ》びにも似た声が舞踏室に響《ひび》く。

「ここに悪魔が現れます！　みなさまお気をつけくださいー」

今度ははっきりと聞こえた。と同時にどこからともなく獣《けもの》の遠吠《とおぼ》えが聞こえ、会場がフッと暗くなった。天井《てんじょう》に吊《つ》るしてあったシャンデリアも、壁際《かべぎわ》に立ててあったオイルランプも、誰かが吹き消したみたいに唐突に消える。

何なの、悪魔って、と不安げな呟きを繰り返す人々。私は成り行きを見守った。

すると突然、耳をつんざくような鋭い不協和音《ふきょうわおん》とともに、黒い大きな塊《かたまり》が窓ガラスを破り室内へと飛び込んできた。無数の破片《はへん》が降り注ぎ、会場内が騒然となる。

窓から差し込むかすかな月光だけではよく見えなかったが、大きな塊は四本脚《あし》の獣のようだった。でも、大きい。大きすぎる。

「セルマ、今の……」

テオが顔を近づけて言った。言葉には出さないまでも、あれは悪魔だと私に訴《うった》えている。

幸いにも私たちは窓から遠い位置にいたため、ガラスの破片を浴びることはなかった。

しかし悪魔は舞踏室にいる人間を次々と薙《な》ぎ倒していく。

「俺は行く。だからセルマ、祝福の接吻《せっぷん》を」

室内には悪魔。周囲には大勢の人々。このままでは多数の負傷者が出かねない。

「……いいえ。考えるから、待って」

しかし、テオの求めに応じることはできなかった。キスが嫌なのではない。目の前で起こっていることが、どうにも腑《ふ》に落ちないからだ。

人の世にやってきた悪魔は、例外なく人間に取り憑《つ》く。天界を満たす聖なる力は、人の世にも微量ながら届いている。これが悪魔には害となるので、彼らは人間に隠れるのだ。

にもかかわらず目の前で暴れている悪魔は、本来の悪魔の姿で現れた。

――なぜ？　そのままの姿では、我々が手にかけずとも浄化《じょうか》されてしまうのでは？

悪魔が現れる直前、警告を発した者がいたこともおかしい。未来予知ができる者はこの世に一人としていない――いるとしたら、それはペテンだ――し、警告を発した意図も不明。

――意図。…………もしかして。

とその時、再び女性の声がした。

「みなさま落ち着いてください！　あれは悪魔で、今からわたくしが……わたっ、」

声のする方に目をやるが、人も多く明かりもなく、姿を認めることはできない。しかし何か様子が変だ。

「落ち着いてくださいっ!!　わたくしが、悪魔祓いを……あ、……っ」

彼女の声を拾うどころではなくなった。人が群れとなり一斉に出口へと走り出したのだ。

足音、悲鳴、罵声《ばせい》。声はそれきり途絶《とだ》えてしまった。

――『悪魔祓い』って聞こえた気がするけど……どういうこと？

悪魔に立ち向かう者はおらず、逃げ惑う人々ばかり。一方、悪魔からすれば攻撃を仕掛ける絶好のチャンスのはずなのに、唸《うな》るばかりで動こうとしない。つい先ほどまで、手当たり次第に周囲の人間を襲っていたにもかかわらず。

そして一歩二歩と後退し、遂《つい》には己が破った窓から逃げるように去っていった。

――え、どうして？　この場を掻《か》き回しただけで……何しにきた？　この状況は何？

「セルマさま、あいつ、逃げましたよ⁉」

背後からラーシュが叫んだ。呆気に取られていた私はその声で我に返り、慌ててテオの腕を掴む。

「テオ、みんなの注意を引きつけて！」

ええ？　とテオが聞き返す。

「悪魔は追わなくていい。まずはこの混乱を鎮《しず》めるのが先よ。だから――」

消えた時と同じく突然、室内に明かりが戻った。明滅《めいめつ》ののちにシャンデリアが輝き、惨《さん》状《じょう》があらわになる。

舞踏室の両開き扉は一度に数名が通れるほどの幅がある。にもかかわらずそこにたくさんの人が押し寄せ詰まり、群衆事故が起ころうとしていた。

あちらこちらには倒れた者の姿もある。悪魔に襲われただけでなく、パニックに陥った群衆に踏まれた者もいるのだろう。

「静粛《せいしゅく》に！」

明かりが戻ったことにより、一瞬ざわつきが鎮まった。その隙にテオが声を張る。

「我が名はテオフィルス・アンヘル・オルサーク！　みな落ち着かれよ！　そして……」

腹から出された大きな声は舞踏室によく響き、無事人々の耳に届いたようだ。名を名乗ったのもよかった。王族というのはこういう時とても便利でありがたい。

注意を集めはしたが次はどうしたらいいのか、とテオが困って私に視線を送ってきた。

よくやったわ、と心の中で労《ねぎら》い、私も続けて声を張る。

「わたくしはナミヤ教団のセルマ。みなさまご安心ください、紛れ込んだオオカミはすでに外へ逃げました。これから怪我人の把握と手当てをいたしますから、ご自身の安否をご確認のうえ、問題のない方はどうか焦らずご退室くださいませ！」

オオカミ、と告げたことが効いたのだろう、人々はそれ以上取り乱すことなく、冷静に私の誘導に従ってくれた。

ゆるやかに扉へと向かって動き出したのを見計らい、私はテオを振り返る。

「逃げていったオオカミの捜索《そうさく》と捕獲《ほかく》は、警備隊に頼りましょう。あなたもまずは怪我人の搬送《はんそう》を手伝って」

「……承知した」

言いたいことはたくさんあるだろうに、テオは一切文句を言わず、私の指示どおり助けを必要としている者の元へ駆けていった。

伏《ふ》せられた瞼《まぶた》がピクピクと動き始め、やがて弱々しく開かれる。

「――気がつきましたか？」

声をかけると瞳が私の方を向いた。

ぼんやりとして視線を宙《ちゅう》に泳がせたあと、すぐに何かを思い出し飛び起きようとして痛みに顔を顰《しか》めた。

「無理をしてはだめ。先ほどあなた、人の波に呑《の》まれ倒れたまま気を失っていたのよ。だからここへ、休憩室へ運んだの。わたくしはセルマ。あなたは……？」

「イエリンよ。イエリン・ガイラルト。……セルマ？　まさか、聖女の……？」

上半身を起こそうとする彼女の背中に手を添えながら、名乗りを聞いて「やはり」と確信を得る。ガイラルト卿のご息女であり、黒聖女であり、そして――舞踏室で悪魔の襲《しゅう》来《らい》を叫んだ人物だと。

ただし悪魔憑きではない。気を失っているうちにテオに見てもらったから確実だ。

「ええそうよ、ナミヤ教団のセルマ。初めまして、イエリンさん」

私が肯定すると、彼女の体が硬直《こうちょく》した。今日この場に私がくることは想定していなかったようだ。思いがけない事態に対し、何やら思案している様子。

彼女の瞳は暗褐色《あんかっしょく》の虹彩を持ち、光の加減によりその輪郭が緑がかっているように見えなくもない。でも、この色を「虹色」と言うには鮮やかさが不足している。

「……セルマさま、悪魔はどうなったのですか？」

時間をかけて考えたあとの第一声が悪魔の話題。私は首を傾げ、すっとぼける。

「悪魔？　いいえ、あれはオオカミでした。まだあんなにも大きな個体が残っていたなんて驚きですわ。おそらく、餌を求めて迷い込んできたのでしょうけれど」

「……オオカミ？　あれが？　セルマさま、あれがオオカミに見えたのですか？」

「ええそうよ。あの場にいたみなさまも、わたくしがオオカミだと申し上げた時すんなり納得してくださったわ」

感情を表情に出さないよう気を遣っているのだろうが、唇《くちびる》を噛《か》んでは台無しだ。この場面でその仕草は、悔しいのだと私に言っているようなものだ。

「……でも、イェリンさんがおっしゃった通り、ある意味『悪魔』と言えるかもしれませんね。あんな獣に襲われでもしたら、我々などひとたまりもありませんから。警備隊への報告と逃げたオオカミの捕獲依頼、見回りの強化依頼は、すでに手配済みよ」

「それでは、悪魔祓いもしておられないと？」

「ええ、もちろんよ。オオカミ相手にそんなことはしませんわ」

「そうですか……」

イェリンが小さく鼻を鳴らした。私はそれを聞き逃さず、彼女がふっと目を逸らした間にしばし観察を試みる。

艶《つや》やかで若々しい黒髪《くろかみ》に、太い眉となだらかに垂れた目。鼻筋は細く、パーツ一つ一つは目立つものではないけれど、顔立ちとしてはまとまっている。睡眠が足りていないのか、肌荒《はだあ》れと目の下にはクマ。

噂《うわさ》に違《たが》わぬ「黒聖女」になろうとしてのことだろう、全身真っ黒のドレスに、爪まで真っ黒なマニキュア。そして……左手《ひだりて》の甲《こう》にはうっすらと×印の傷痕《きずあと》。右手の中指にはペンだこと、拭《ふ》き取りきれなかったのかインクがうっすらと残っていた。さらにバラの香水《こうすい》で隠しているこの匂いは――。

「あの……何か？」

不躾にじろじろ観察しすぎた。イェリンが私に尋ねたので、パッと笑顔を取《と》り繕《つくろ》う。

「見たところ大きな怪我《けが》はなさそうね。でも、無理はなさらないで。主催者からは泊まってもいいとお許しをいただいています。落ち着くまでゆっくりなさったらいいわ」

手を握り、彼女の顔を覗き込む。瞳孔、血色、痙攣《けいれん》や揺らぎ。脈拍《みゃくはく》の変化も観察するのを忘れない。

「ありがとうございます、セルマさま。ですが父が心配いたしますので」

すっと手を解かれた。触れることで私が相手の情報を読むことを、彼女は知っているのだろうか。あるいは単に不快だっただけか。

イェリンはあれが悪魔で、会場にやってくることも知っていた。でなければ、舞踏室中に聞こえる声で「気をつけて」なんて叫ばない。

そもそも、「逃げて」ではなく「気をつけて」とはどういうことか。生身の人間では到底敵わない相手を目の前にしておいて、何に気をつければいいのか。

悪魔の襲来を予言したあと、群衆に押し倒される直前、彼女は何か言おうとしていた。ところが結局それは叶わず、悪魔もすぐに立ち去った。

――イェリンの表情、台詞、反応。もうこれは、そういうこと、しかないじゃない。

「ところでイェリンさん、あなたがガイラルト卿のご息女だったのですね。昨日の舞踏会でお父さまからお話は伺っておりました。お会いできて光栄ですわ」

イェリンが私を見つめた。すっと目を細め、笑みを向ける。

「わたくしも、ずっとお会いしとうございました。わたくしと『同じ力』を持つセルマさまのお話を、伺ってみたいとかねがね思っておりましたので」

「それは嬉しいけれど……同じ力？」

「ええ、同じ力。わたくしにも未来が視《み》え、人の心が読めますので」

どういう気持ちでそんな大ぼらが吹けるのか。いっそ「全部知っているのよ」と明かしてみたい衝動に駆られるが、ここは我慢しておく。

　仕方がないので話を合わせつつ、言いたいことも言ってみる。

「わたくしは女神ヲウルから授かった力により、日々さまざまなものが見えます。そして、人智を超えた力というのは、人々の幸せのために使うものだと心得ております。時に、見たもの全てを伝えるわけではない、ということも」

　知らぬふりをしてイェリンのやり方をやんわり否定してみせると、すぐに反論があった。

「幸せになる、ならないというのは、我々が判断していいことなのですか？　女神のお告げは全て伝えるべきです。たとえそれが辛《つら》い内容であろうと、人はそれを受け入れるべきです。だからこそ女神ヲウルは『認めよ』とおっしゃっているのではございませんか？」

　その解釈《かいしゃく》は間違っている。認めることは耐《た》えることではないし、女神は救済を与《あた》える存在であって、苦難を与えたりしない。

　少なくとも、私はそう思いながら信者に女神の教えを説いている。

「ならばイェリンさん、あなたもお認めになったらいかがですか？」

「……何を？」

「わたくしが直接お伝えしなくとも、あなたはすでにわかっておいでですよ？」

　これはハッタリだ。後ろ暗いことがある人間ほど、効果はてきめん。イェリンが何を言うのか、どういう解釈をするのか、彼女の心を探りたかった。

しかしイェリンが答えるのを待たず、開いた扉からテオが顔を覗かせた。

「セルマ、言われた通り警備隊へ伝えてきたぞ」

突然のテオの登場にイェリンはすっと立ち上がり、膝を曲げて頭を下げた。

「テオフィルス殿下、お久しぶりにございます。イェリン・ガイラルトでございます」

テオは複雑な表情をしていた。気持ちはわかる。かつての知り合いの雰囲気《ふんいき》がガラリと変わってしまったのだから。

「イェリン、その節は世話になった。……あれから六年か、見違《みちが》えた」

「ありがとうございます。身体的な成長だけでなく、わたくし、女神さまより特別な力を授かりましたの。人の心を読み、未来を視る力です」

テオが身構え、ゴクリと唾《つば》を呑む。

「……俺の考えていることも読めるのか？」

イェリンは躊躇《ためら》いなく頷いた。

「ええ、もちろんです。たとえば、殿下はわたくしの力に半信半疑でいらっしゃる。狂言ではないかと警戒しておられる。……どうですか？　図星でございましょう？」

「な⁉　ど、どうしてわかった⁉」

――いや、チョロすぎるでしょ。

純粋なテオには悪いけれど、これだけで読めるとは言えない。特別な力云々、と突拍《とっぴょう》子《し》もないことを言われたら、誰でもテオと似たようなことを思うものだ。

テオの反応にイェリンは満足し、嬉しそうに微笑む。

「ふふ。女神のお導きです。それはそうとテオフィルス殿下、明日はガイラルト邸での舞踏会にお越しくださると伺っております。その場でわたくしの力が本物であると証明してみせましょう。ぜひ、楽しみにしていてくださいませ」

私がするのと同じように、常に微笑み相手に感情を読み取らせないようにしている。手の動かし方、瞬きの回数……彼女の動作には綻《ほころ》びがない。自分を偽《いつわ》ることに長《た》けている。

──私も、周囲からはこんなふうに見えるのかしら。友達にはなれないわね。

「屋敷で父が待っています。思いがけず長居してしまったので、そろそろ下がらせていただきますね」

最後に再び礼をして、イェリンは部屋から出ていった。群衆に巻き込まれて体を痛めはしただろうが、そんなに酷くはなさそうでよかった。

ふう、とため息を一つ吐き出し、私はテオに視線を向けた。単純で、何事も深く考えないテオのことだ。イェリンのことを好意的に解釈しているかもしれない。心も読まれたわけなので、もしかすると彼女のことを二人目の聖女だと騒ぎ出すかも。

テオの口が僅《わず》かに開き、扉へ向けられていた視線が、私のもとへと戻る。その口から紡《つむ》ぎ出されたのは──。

「セルマ、怪我人はどうなった？　もうここですべきことは終わったか？」

「……え、ええ。みな迎えが来たり自力で帰ったり……イェリンさんで最後よ」

「そうか。それでは王宮へ戻ろう。すでに夜も遅い」

――あれ？　さっきイェリンに心を読まれたこと……もういいの？

テオにしては、あっさりしすぎている。感想一つ言わないし、私に意見も求めない。ラーシュとヘルムートはどこにいるんだ……と捜《さが》しに行こうとするところを私がまじまじと見つめていると、その視線にテオが気づいた。

「どうしたセルマ？　何か言いたいことでもあるのか？」

「ないけど……テオの方こそ、イェリンさんに思うところがあるんじゃないかと。想像以上にテオが冷静だから……驚いてしまって」

正直に告げると、なるほど、とテオが私に近寄った。

「心を読まれたことは意外だったが、その理由や種明かしを俺が考えても事態が好転するわけではないだろう？　考えることはセルマに任せるのが早い」

これまでのテオは、その場の勢いで突き進むことが多かった。しかし今は自分なりの歯止めをうまく利《き》かせているようだ。その進歩に私は感動すら覚えてしまう。

「彼女のこと、本物の聖女では？　って思わなかった？」

「どうして？」

私の疑問を有り得ない、とばかりに笑いとばし、テオが私の指先を取った。

「俺の中ではセルマが唯一無二《ゆいいつむに》の聖女だ。これは絶対に未来永劫《えいごう》揺らがない」

そう言って、私の指先にちゅっとキスを落とした。伏せられたまつ毛が再び上がり、虹色に近づいた空色の瞳が私を見る。

「いい加減、帰ろう。ラーシュたちを捜してくるから、セルマはここで待て」

――なんか、頼もしいかも……。

本当ならば、私も偽者《にせもの》なのに。魂《たましい》がどうだと言われても、聖なる力がないことは事実。けれどこんなにも私を信頼してくれている。その気持ちがありがたくて、嬉しくて、できればこれからもテオに隣にいてほしい、とぼんやり将来を夢想した。

「……って、またキスされた⁉」

とても役に立つ忠犬。でも、聖女の私に入れ込みすぎなのが難点。

4

「いやー、今日は疲れました……」

「ごめんなさいねラーシュ、お疲れのところ呼び寄せて」

「あ、いいえ、そういうつもりで申したのではなく！　セルマさまが最もお疲れなのは、わたしも重々承知しているところでございますので！」

夜遅《よるおそ》く王宮に戻り楽な服装に着替えたあとで、対策会議を開くため私の部屋に集まってもらった。

「あっそうだ、今日の日中少しだけ露店を回ったの。美味しいお菓子《かし》を買ったから、一緒に食べましょう？」

「茶はいるか？　必要ならばメイドに頼んでくるが」

「冷めたお茶ならポットにあるわ。わざわざ起こすのも申し訳ないから、今夜はこれで」

紙袋《かみぶくろ》をガサゴソと漁《あさ》りながらテーブルの上に茶菓子《ちゃがし》を広げ、テオと準備をしていると、ラーシュがゴホンと咳払《せきばら》いをした。

「あ、あの、セルマさま？　菓子もお茶も結構ですから、早く始めてしまいませんか？」

彼の目には私がのんびりしすぎているように映ったのだろう。

「ラーシュ、焦らないで。もう間もなく始めるから、まずは落ち着いて。ね？」

「？　みな集まっているのですから、今すぐ始めたって――」

タイミングよく、扉をノックする音がした。疲労からか一人急《せ》いた様子だったラーシュが、こんな夜更《よふ》けに誰が……とボヤく。

「そうね、始めましょうか。役者が揃ったみたいだし」

ほら、と私が指差すのと時を同じくして扉が開き、みなが来訪者に愕然《がくぜん》とする。

「――え？　あっ、あなたさまは……」

「戻ったと聞いたので訪ねてきたが……入ってもよいだろうか？」

彼の姿を見るやいなや、私以外の全員が一斉《いっせい》に立ち上がった。私は座ったまま、ニコリと笑って会釈《えしゃく》する。

「もちろんでございますティグニス陛下。どうぞ、こちらへ」

警備隊から「オオカミ」の報告を受け、陛下ならば詳細《しょうさい》を知りたいとお思いになるだろう、そう見込んでいた予測が当たった。

「よい。みな座れ」

陛下の号令で全員再び腰を下ろした。陛下はテオの横に座り、そこで初めて私の隣にいるヘルムートを視界に入れた。私を一瞥《いちべつ》すると、下を向いてフッと笑う。

テオもラーシュも気づいていない。ヘルムートは知らんぷりを決め込んでいるが、動作も呼吸もぎこちない。

――これよ、これ。私が見たかったのはこれ！　そうよ、私は全て知った上でヘルムートを重用しているの。あえてあなたに情報を流してあげていたのよ。それがわかったら、これからはその小癪《こしゃく》なふるまいを改めることね！

たったそれだけといえばそうだ。でも、その反応だけで私はずいぶんスカッとした。

「単刀直入に聞くが……セルマ殿、巨大《きょだい》なオ、オ、カ、ミが現れたとか？」

会議はすぐに始まった。口火を切ったのはティグニス陛下だ。

「ええ、警備隊にも舞踏会の出席者にもそのようにお伝え致《いた》しましたが、実のところ正確ではございません。正しくは、四本脚の獣の悪魔。余計な混乱を生みたくなかったので、真実は伏せてお伝えさせて頂きました」

「だろうな。しかし、セルマ殿の聖なる力は悪魔憑きを見抜《みぬ》くのではないのか？　なぜ悪魔がいたと気づけなかった？」

「舞踏室内に悪魔憑きがいたら、当然気づいていたでしょう。しかしあの悪魔は突然窓を割って入ってきたのです。視認《しにん》できなければ気づけるはずもありません」

陛下が指を口元に当て、何やら深く思案している。

「確認だが、現れたのは悪魔憑きではなく、悪魔？　悪魔は人の体を借りねばこの世では生きられぬ、という話と矛盾《むじゅん》しないか？」

陛下の疑問ももっともで、私も同じことを感じた。そのせいでテオへの指示出しが遅れたけれど、私の推理の方向性が固まった。

「一度人間から出て悪魔の姿を会場の人々に晒し、その後また同じ人間に憑依《ひょうい》したのだと思います。その証拠《しょうこ》に、悪魔はやってきたのと同じ窓から出ていきましたから」

悪魔が室内へ飛び込んできた角度と、帰っていく時のそれは全く同じだった。その先には、憑代《よりしろ》となる人間がいたに違いない。

「わたくしは悪魔に取り憑かれている人間を見抜くことができます。悪魔はそれを知っているからこそ、あえて『抜き身』の状態で現れたのではないかと」

「悪魔にはあの時、我々の前に姿を現す必要があり、かつ、誰に取り憑いているか知られたくなかった……ということですか？　何のために？」

独り言のように呟くラーシュに頷きを返してから、私は陛下に告げる。

「ティグニス陛下、わたくしは、悪魔に協力する人間がいると考えています」

驚きをあらわにするラーシュたちとは対照的に、ティグニス陛下は動じない。

「……協力者の目星はついているのか？」

「ええ、陛下がお示しくださった通り」

「なるほど、そこに繋《つな》がるか。では、その者の予言は戯言《たわごと》ではなく本物の予言だったと？本日の騒動との関連は？」

ティグニス陛下は頭の回転が速いので、一から十まで説明せずとも理解してくださる。労力が省けてとてもありがたい一方で、他の三人は全く内容についてこられず、ぽかーんと口を開けている。

そこで私は誰にでもわかるよう、噛み砕《くだ》いて説明をすることにした。

「協力者とは、イェリン・ガイラルトのことです。彼女は悪魔憑きでも聖女でもございません。その正体は悪魔と協力関係にある人間で、デント邸で騒ぎを起こした張本人でございます。彼女がする予言というのは、女神ではなく悪魔が授けたものだったのですね。実際にお会いしてわかりました」

「悪魔が⁉ 悪魔も予言をするのですか？ それとも……でたらめ？」

驚きながらラーシュが尋ねた。

「悪魔は人の弱みに付け込むことが得意です。そのため人の弱い部分、つまり負の感情や病というものを察知しやすいのではないかしら。そしてそれを予言と言《い》い換《か》えているだけにすぎない。余命宣告は……もしかしたら宣告したのち、悪魔が手を下していることもあるかもしれませんね」

聖女の魂を持つらしい私も、聖なる力を与えられたテオも、どちらも予言なんてできない。とするならば、イェリンの言う『予言』とやらは悪魔が関わっているとみていい。現実のものとなった予言もあるのなら、余計に。

「しかし仮にそうだとして、イェリンさまを聖女にすることで悪魔にはどんな得が？」

「イェリンさんが聖女になっても、偽者なので悪魔祓いはできません。となれば、儀式は形骸的《けいがいてき》なものとなり――」

「悪魔たちは聖女によって生命を脅《おびや》かされる心配がなくなる、と」

陛下が答えをおっしゃった。

「その通りでございます。悪魔は聖女を排除したい。イェリンさんは聖女になりたい。この二つの欲がうまく噛み合わさったのでしょう」

悪魔が望んだだけでなく、イェリンにも聖女になりたい欲がある。服装、表情、言葉……本人が乗り気でなければ、あんなに上手に振る舞えないはずだからだ。

「次に、今日の騒ぎについて。あれは全て、茶番です。イェリンさんが仕組んだものの、失敗してしまった茶番」

口を挟む者はいない。みな私の解説を待っている。

「まず、イェリンさんが聖女として認められるには、聖女の三要件を満たす必要があります。しかしそれを満たしたとしても、現在はわたくしがいるため、イェリンさんが聖女認定を受けることは難しい。ですが、わたくしよりも強い力があると示すことができたなら、その限りではない、と考えてもおかしくはありません」

聖女としての三要件とは、虹色の目、聖痕、そして聖なる力のことだ。

「イェリンさんが『悪魔が現れる』と警告を発したのは、自分に未来予知ができることを手っ取り早く多くの人に知らしめるため。と同時に、その後悪魔祓いをして、聖なる力があることを誰にでもわかる形で示そうとしたのです」

彼女の警告は『逃げろ』ではなく『気をつけて』という注意喚起《かんき》にとどまっていた。それはつまり、人々に逃げられては困るから。自分の聖女としての勇姿を、より多くの人々に目撃してもらう必要があったということだ。

「しかしパニックに陥り逃げ出した人の波に押し倒され、踏まれ、イェリンさんは予期せず昏倒。悪魔祓いができなくなってしまう。悪魔はそれに気づいたから、人を襲うことをやめ早々に逃げていったのです」

錯乱《さくらん》状態に陥った群衆を思い通りに動かすだなんて、この私ですら骨が折れる。それを、大した経験のないイェリンにできるはずはない。

「悪魔があの場にいた時間は、おそらく一分程度でしょう。その間人々を襲いましたが、みな軽症で致命傷を負った者は誰一人としていなかった。目撃者を残すために手加減をしていたと、わたくしはそう感じました」

悪魔の力は強大だ。これまでの悪魔祓いの経験から、私はそれを嫌と言うほど知っている。だから、まともに襲われて軽症で済むはずがないこともわかるのだ。

ここまで一息で語ったあと質問はないかと尋ねたら、ラーシュが恐る恐る挙手をした。

「つまり……獣の悪魔はイェリンさまに祓われるために現れた、ということですか？」

「そうよ。ただし彼女に聖なる力はないから、悪魔祓いはフリだけ。上手いことやって悪魔は逃すつもりだったのでしょう。損をする計画なら、はなから悪魔は手を貸さない」

常識人のラーシュには、信じ難い話だろう。だが、これが現実だ。

「イェリンさまもイェリンさまだ。なぜ悪魔に魂を売るような真似を……」

「悪魔は本来人間の弱い部分に寄生し、それを糧《かて》にする生き物。取り憑かずとも言葉巧《たく》みに操《あやつ》って、虚栄心《きょえいしん》や称賛《しょうさん》への欲求を増幅《ぞうふく》させることくらい訳ないのよ。一番悪いのは、悪魔。そこを間違えてはいけない」

悪魔の能力は未知だ。ナミヤ教の聖典にも、詳《くわ》しいことは書かれていない。そんな中で唯一《ゆいいつ》言えること。それは、悪魔が「悪」であること。絶対的に、彼らは根の国から出てくるべきではなかったのだ。

「とにかく、今回の悪魔は手強《てごわ》いわ。わたくしに見つかれば悪魔憑きだと気づかれるとわかっている。だから見つからないよう人間を使って動いている」

おそらく、イエリンの背後にいる悪魔は狡猾《こうかつ》だと思われる。そうでなければ今頃《いまごろ》すでに私の前に現れているはずだ。

「わたくしは、イエリンさんも救いたい。彼女には魔《ま》の手が差し迫っています。早く助けて差し上げないと、後戻《あともど》りできなくなってしまう」

魔の手というものの真偽《しんぎ》はさておき、悪魔というものは善良な人間すら堕落《だらく》させてしまう恐ろしい存在だ。この私が見逃すなど、到底できるわけがない。

「ところで、先ほどセルマさまがおっしゃった『陛下がお示しくださった』とは？　陛下はこの事態をすでにご存じだったのでしょうか？」

優秀《ゆうしゅう》なラーシュは細かい部分を聞き流してはいなかった。私と陛下の目が合う。

「たまたまだ。不穏《ふおん》な噂を聞きつけたから、セルマ殿に伝えただけにすぎない」

「的確なご判断でした。もしかしたら陛下にも聖なる力が宿ってらっしゃるのかも？」

彼の慧眼《けいがん》を侮《あなど》ってはいけない。気をつけなければ、私の聖女としての仮面も簡単に剝《は》がされてしまうだろう。

「それでセルマ殿、私はその悪魔祓いに臨席できるのだろうか？」

「陛下はとても好奇心旺盛《こうきしんおうせい》であらせられるのですね」

結局行き着く先はそこか、とつい本音が零れたが、陛下はそつなく答える。

「統治者として、我が国で起こる事象は全て把握しておきたいからな」

一方で、テオの反応は……とこっそり窺ったが、反論はなさそうだ。話が早いのは助かるけれど、最近のテオはやけに聞き分けがいい。まるで私を主人と認めた犬……忠犬のように。

「いつ頃になりそうか？」

「祭りの期間中には」

「なるほど。では、悪魔祓いも一つの催しとして楽しみにしていたらよいのだな。して、その悪魔憑きの目星はついているのか？」

私は首を振った。

「現段階では、確証はございません。できれば明日、少し調べ物をしたいのですが、王都で動くお許しをいただけませんか？」

「好きに動いてくれ。側近のミハイに話を通しておくから、何かあれば彼に聞け」

感謝いたします、と頭を下げ、次はテオに向かって告げる。

「それでは明日、わたくしはラーシュと二人で調べ物を済ませるから、テオとヘルムートにはお使いをお願いしてもいいかしら？　無理をさせるけれど、コルチリーに行ってあることを調べてきてほしいの」

「今からですか？」

珍しくヘルムートが尋ねた。

「明日の夜までに戻ってくることができるのであれば、今からでも明朝からでも」

王都からコルチリーまでは、馬車で片道二日はかかる。替え馬を利用するとしても、一日で往復するのはかなり無謀《むぼう》だ。だからこそ、私はテオたちに頼んでいるのだ。

「セルマさま、お急ぎなのはわかりますが、それはさすがに――」

「承知した。早い方がいいのなら、今から出る。ヘルムート、いいな？」

ラーシュの意見を遮ったのはテオ。言うが早いかソファから腰を浮かせ、立ち上がろうとしている。

「テオフィルスさま⁉」

日中は露店へ繰り出し、夜は舞踏会へ。いくら体力の有り余る青年だといっても、疲れていないわけがない。

しかしテオの心は決まっていた。

「いいんだ、セルマの判断を俺は信じているから。セルマにはセルマにしかできないことがあり、それはまた俺も同じ。セルマが俺に頼むと言うなら、俺は喜んで使命を全うするだけだ」

いつからだろう、テオがこんなに協力的になったのは。私が偽者だとバレて、それから打ち解けたあとも、テオは十分協力的だった。

でも最近は、それ以上のものを感じる。必要性なんか示さなくても、テオは私に全幅《ぜんぷく》の信頼を置き、支持してくれている。

——なんだかすごく、すごく……嬉しい。

「一点だけ、俺がそばに付いていてやれない間の君が心配なのだが。明日の夜はイェリンの舞踏会《ぶとうかい》へ行くんだろう？　おそらくこちらの戻りは深夜になるだろうから……」

わたしが代わりにお守りします！　とラーシュが横で張り合っている。苦笑《くしょう》しながら私はテオに返す。

「大丈夫よ。警戒心の強い狡猾な悪魔が、そう簡単にわたくしの前に姿を現すとは思えないもの。もしも潜んでいたとしても、わたくしが一人にでもならない限り、向こうから攻《こう》撃《げき》してくることはないわ」

「セルマがそう言うなら、俺は信じるよ」

こうしてあっさり引くあたり、「信じる」という言葉が本心からなのだと実感する。

「……ありがとう。では、あとで『お使い』の内容を伝えるから、出立の準備ができたら声をかけて」

テオがニッと笑った。頼もしい笑顔だ。

どんな無理難題でも嬉々《きき》として引き受けてくれそうな、私の向かおうとしているところを一緒に目指してくれそうな……――。

「話は以上か？」

テオに感動させられていたが、ティグニス陛下の一言で現実へと引き戻された。今のやりとりで、陛下の中での私とテオの位置づけが完全に確定したに違いない。

全てが解決した時、果たして陛下は私とテオにどのような沙汰《さた》を下すのか。

「はい。夜分遅くお越しくださり、ありがとうございました」

そこでみな一斉に立ち上がり、「首尾《しゅび》よく頼む」と告げる陛下を見送った。

3章 黒詐欺師vs白詐欺師

1

王都にやってきて三日目。テオは昨夜のうちにコルチリーに向け出発し、私は私でラーシュと二人、調べ物に取りかかるところだ。

「ガイラルト邸《てい》の不動産登記簿《とうきぼ》ですか？」

「そうよ、王都にある別邸《べってい》の方のね」

法務院へ向かいながら、私はラーシュの疑問に答える。

「地方に領地を持っていながら王都にも不動産を所有するのは、貴族の中では珍《めずら》しくない。でも、言っては悪いけれどどしがない地方領主のガイラルト家に、王都の一等地に不動産を所有できるほどの余裕《よゆう》はないはず」

私の手には、ガイラルト卿《きょう》から渡《わた》された舞踏会《ぶとうかい》の招待カードが一枚。ここには別邸の所在地が書いてある。

「おそらく誰《だれ》かから借りたのよ。だとしても、この一等地の屋敷《やしき》を借りるには相当なコネがないと難しいはず」

「ガイラルト卿の血縁者《けつえんしゃ》の伝手《つて》では？　あるいは、夫人の縁者《えんじゃ》とか」

「ガイラルト家の親類縁者は全て西部に固まっているわ。夫人のご出身も南西部で、もっと辿《たど》れば隣国《りんごく》よ。だから王都にも、ガイラルト家に縁《ゆかり》のある者はいない」

ガイラルト卿は夫人の病状を気遣《きづか》い、ここ十年は社交界へろくに姿を現していない。となれば、たとえ知り合いがいたとしても、縁が薄《うす》れているか切れてしまっているだろう。

「セルマさま、そんなことまで把握しておられるのですか⁉　それとも千里眼的な？」

「さあ、どちらかしら？」

法務院は王宮のすぐ近くの建物だ。到着《とうちゃく》したので雑談を終わらせ、警備の騎士《きし》にミハイさまから渡された書き付けを見せる。するとすぐ、扉《とびら》を開けて私たちを通してくれた。

今日は祝日なので役所仕事は停止しており、広い室内はがらんとしている。

当直の官吏《かんり》に登記簿を見せてほしいと言って舞踏会の招待カードを渡し、待つこと数分。分厚いファイルとともに戻《もど》ってきた。

「この不動産ですね。所有者はドクス・パルヴァ卿。二十年前の登記当時から変わっていません」

パルヴァ家といえば、王都の近くに領地を持つ大貴族だ。領地自体は小さいものの、不動産投資がとてもお上手で、王都周辺に複数の不動産を所有し、そのおかげでかなり潤《うるお》っているとか。

――パルヴァ家とガイラルト家……家同士の接点はないはずだけど……。

頭の中でパルヴァ家の家系図を思《おも》い描《えが》いたところで、なるほど、という呟《つぶや》きとともに登記簿を閉じて官吏に返す。

「ありがとうございました。とても参考になりました」

くるりと反転し建物から出る私を、ラーシュが駆《か》け足《あし》で追いかけてくる。

「セルマさま、何かわかったのですか？」

「ええ。次は地理院へ行くから、ちゃんとついてきてね」

パルヴァ家には息子《むすこ》が二人いる。長男で嫡子《ちゃくし》のニウトンと、地理院勤めの次男サロ。

現在地理院では国土全域の交易活発化を目指し、街道敷設《ふせつ》事業が進められている。コルチリーは交通の便の悪い田舎《いなか》なので、領主であるガイラルト邸へも事業の協力について地理院から官吏が派遣《はけん》されているはずだ。

たとえばその官吏が悪魔《あくま》憑《つ》きだったとして、イェリンがその者――つまりサロ・パルヴァ――と接触《せっしょく》したとするなんらかの記録があれば……。

「地理院では何をなさるのです？」

「ちょっとね。勤務記録を確認《かくにん》したいだけ」

権力者の後ろ盾はありがたい。陛下の協力が得られるなら、悪魔祓《あくまばら》いも捗《はかど》りそうだ。

日が暮れ、いよいよガイラルト邸の舞踏会に向かう時間となった。

テオはまだ戻っていない。旅程も目的も予定通りにこなせているなら、今頃《いまごろ》は帰路の途《と》中《ちゅう》だろう。

「ラーシュ、用意はできた？」

「ええ、もちろん！　本日のセルマさまも大変麗《うるわ》しく……こうして王都にお供できたこと、ハッセルバリ家の子々孫々まで語《かた》り継《つ》いでいきたく！」

「大袈裟《おおげさ》よ」

ラーシュは変わらず白の詰襟《つめえり》ジャケットとトラウザーズ。私は教団の象徴色《しょうちょうしょく》でもある深緑色のドレスにした。装飾《そうしょく》は胸の下を縛《しば》る銀細工のバックル程度。肩《かた》に羽織ったボレロのおかげで、肌《はだ》の露出《ろしゅつ》は控《ひか》えめだ。

「しかしやはり敵の本拠地《ほんきょち》へ足を踏《ふ》み入《い》れるというのは、危険なのではありませんか？」

緊張《きんちょう》により、ラーシュが強張《こわば》っている。

「大丈夫《だいじょうぶ》よ、ガイラルト邸に悪魔憑《つ》きは現れない。女神《めがみ》ヌウルがそうおっしゃっている」

私に見破られ祓われることを恐《おそ》れている悪魔が、私の前に現れるわけがない。もっとも、昼間の調べですでに誰に取り憑いているのか、見当はついているけれど。

サロ・パルヴァだ。あれから私たちは彼の勤務記録を見た。すると予想通り、約一年前に街道敷設の件でコルチリーのガイラルト邸を訪《おとず》れていた。それは、イェリンが力を得たと言い始めた時期とも一致《いっち》する。

おそらくだが、サロは以前から仕事として全国を回りながら、本物の聖女を誘《おび》き出《だ》すための偽者《にせもの》聖女となりうる少女を探していた。そんななかでイェリンと邂逅《かいこう》し、彼女の思いを利用して聖女に仕立てるべく悪魔の協力者としたのだ。

記録によって、彼が頻繁《ひんぱん》にコルチリーのガイラルト邸を訪問していたことが確認できている。このことから、悪魔はサロ・パルヴァに取り憑いているとみてほぼ間違《まちが》いないだろう。

……とするも、一つだけ懸念《けねん》がある。オオカミ型の悪魔がデント邸の舞踏会でむざむざ抜《ぬ》き身の姿を現したことに、疑問を感じずにはいられないのだ。

私もあの場にいたことを、イェリンは把握していなかった。イェリンが知らないなら悪魔も知らなかったのだろうが、狡猾《こうかつ》な悪魔の計画にしては、少々杜撰《ずさん》ではないのか。

聖女と居合わせた場合、命の危険もあったはず。その可能性を見逃すほど、イェリンの背後にいる悪魔が愚《おろ》かだとは思えないのだ。

ともかく、腑《ふ》に落ちない部分もあるが、今夜は悪魔よりイェリンの相手だ。私は気持ちを切り替えるため、顔を上げ目を瞑り、深呼吸を繰り返した。

「……そろそろ招待客も集まったところかしら。さあラーシュ、行きましょう。念《ねん》の為《ため》、わたくしから離《はな》れないでね？　離れる場合でも、必ず人目につくところに身を置いて」

「はい、セルマさまに従います」

「素直《すなお》でよろしいことだわ」

私はニッコリ微笑《ほほえ》んだ。


ガイラルト邸――パルヴァ家から借りた別邸――は、左右対称《たいしょう》の二階建てのお屋敷だった。周囲の建物に引けを取らないほど立派ではあるものの、飾《かざ》り柱や装飾などは少なく比較的《ひかくてき》質素な外観だ。こういう建物の場合、内部の装飾を華美《かび》にすることでバランスを取るものだけれど……――。

「わ、なんと贅《ぜい》を尽《つ》くした……！」

玄関《げんかん》をくぐり、ラーシュが声を上げた。

等間隔《とうかんかく》にある白い柱にはドレープ状の細工が彫《ほ》ってあり、絵画の額縁《がくぶち》を思わせる金の塗《と》装《そう》が施《ほどこ》されている。天井《てんじょう》には宗教画が描かれ、中心から吊《つ》るされたシャンデリアが意味ありげにその絵を照らす。至る所にある柱にも燭台《しょくだい》がかけてあるので、外は真っ暗だというのに室内は昼間のように煌々《こうこう》として眩《まぶ》しかった。

招待客は八十名、というところか。会の開始からおよそ一時間が経《た》ち、これ以上はそう増えないだろう。

人々の談笑《だんしょう》するざわめきと、奥から聞こえてくる音楽。その優雅《ゆうが》で楽しそうな雰囲気《ふんいき》に全くそぐわないガチガチのラーシュ。私は彼の腕《うで》に手を添《そ》える。

「ラーシュ、肩の力を抜いて。わたくしの横にいてくれるだけでいいの」

「す、すみません……」

たくさんの花が飾られた一角に、私は主催者《しゅさいしゃ》を見つけた。

「こんばんは、ガイラルト卿。本日はお招きくださり、どうもありがとうございます」

「ああ、これはセルマさま。本当にいらしてくださったのですね」

「もちろんです。遅《おそ》くなりましたが、お約束したではございませんか」

ホッと安堵《あんど》するような、それでいてまるで懺悔《ざんげ》でもするかのような表情だ。

「昨晩、ご息女のイェリンさんにお会いしました。騒ぎがあってイェリンさんも巻き込まれたのですが、その後のご様子はいかがですか？　睡眠不足のようでしたし……」

「イェリンは真面目な子ですから毎晩……いえ、何も。体も問題ございません、ご心配感謝いたします」

毎晩……その続きが気になる。目を伏《ふ》せ腹の前で腕を組むのは、私に詮索《せんさく》されたくない気持ちの現れ。

「イェリンさんはどちらに？　直接ご挨拶《あいさつ》をしたいのですが」

「娘《むすめ》なら、あちらに」

ガイラルト卿の視線の先には小さな人だかりがあり、その中心にイェリンが見えた。

黒い髪《かみ》に合わせるように、今日も黒いドレスを纏《まと》っている。首に光る真珠《しんじゅ》のネックレスも、黒真珠を使った気合いの入れよう。

しかしやはり「聖女」を意識してか、デコルテと肩にはレースがあしらわれ、胸から下はおとなしめのストレートデザイン。色こそ違《ちが》えど聖女服を連想させる。

近寄ると、イェリンが気づき笑《え》みを携《たずさ》え私の方へとやってきた。

「セルマさま、ようこそお越《こ》しくださいました！　お待ちしておりましたわ」

「こちらこそ、お招きどうもありがとう。今宵《こよい》の舞踏会、とても楽しみにしていました」

にこやかに礼を告げると、イェリンは私の背後に目をやった。

「テオフィルス殿下《でんか》はどちらに？　ご挨拶をさせていただきたいのですが」

「テオは都合が悪くなり、来られなくなってしまいましたの。ですからわたくしと神官のラーシュと二人で参りました」

「そうですか……残念ですが、仕方のないことですね」

イェリンの口元が一瞬《いっしゅん》わずかに上がり、すぐ元に戻った。それを見て、私はああ、とイェリンはテオに恋心《こいごころ》を抱《いだ》いているわけではない。妻の座が欲《ほ》しいと思っているわけでもない。だが、執着《しゅうちゃく》はしている。

きっと、輔祭《ほさい》としてのテオを欲《ほっ》しているのだ。己《おのれ》が聖女となった暁《あかつき》には、王族すら従えさせることができるのだと、周囲に見せびらかすために。

「イェリンさん、先ほどお父上から伺《うかが》ったのだけど、何の勉強をなさっているの？」

「……え？」

「寝不足なのも、そのせいなのでしょう？」

昨夜見た、指先のペンだこと染みついたインクの跡。そして、ガイラルト卿が口にした「真面目」という言葉。

私はイェリンの手を取って、もう片方の手で肘《ひじ》に触《ふ》れる。

「イェリンさん、少し根を詰《つ》めすぎなのではなくて？　やりすぎはよくないわ」

「い、いえ、大したことではございません。ありがとうございます」

心拍数《しんぱくすう》の上昇《じょうしょう》、手汗の増加、逸《そ》らした視線。「勉強」はアタリだ。問題は、一体何の勉強をしているかだ。

「わたくし、こう見えて暗記するのがとても得意なの。もしよかったら、コツを教えて差し上げましょうか？」

合点《がてん》がいった。

「お心遣《こころづか》い感謝いたします。ですが結構よ。わたくしが自ら望んでやっていることだもの、これくらい平気ですわ」

少しだけ表情が硬《かた》い。そこへ、一人の男性が近づいてくる。

「もしやあなたがイェリン嬢《じょう》？　黒聖女と話題の」

「そのようにご認識《にんしき》いただき光栄ですわ。どうなさったのですか？」

二人に面識はなさそうだ。私とこの男性は一度言葉を交《か》わしているのだけど……聖女の格好をしていないから、私が誰か気づいていない。

「本日この舞踏会にやってきたのは他でもない、あなたに私の未来を透視《とうし》していただくためなのです！」

男性は、イェリンの噂《うわさ》を聞きつけてここにきたようだ。人は案外、好意的な言葉より悪意のある言葉の方が心に残りやすい生き物だ。だからイェリンの不吉《ふきつ》な予言をあえて聞きたがる人がいるのも否《いな》めない。

私は二人のやりとりを興味深く見守る。

「ええ、今宵の舞踏会は、そのつもりで開いたものです。ダンスを楽しまれることはもちろん、わたくしの力を多くの方々のお役に立てたいと思っておりましたの」

「そうでしたか！　それでは、早速《さっそく》――」

と突然《とつぜん》イェリンにグイ、と腕を摑《つか》まれる。

「その前にこちらの女性、どなたかご存じですか？」

「え……銀色の髪に、瞳《ひとみ》は緑……黄色？　青も交ざって……虹色《にじいろ》？　ということは、白聖女⁉　セルマさまですか⁉」

「舞踏会用の装《よそお》いなので、わかりにくくてごめんなさい」

いきなり男性の前に担《かつ》ぎ出されたものの、こんなことで動じる私ではない。

「わたくしが黒、セルマさまが白。黒聖女と白聖女が一堂に会するなど、滅多《めった》にあることではございません。せっかくですので今宵は我々二人が、ここにいらっしゃる方々に女神からの予言をお伝えしたく存じます」

同意する言葉など一切《いっさい》発していないにもかかわらず、イェリンが「舞踏会」を「予言の場」に変えると宣言してしまった。

彼女の魂胆《こんたん》はわかっている。昨日の挽回《ばんかい》も兼ね貴族たちに己の力を見せつけて、「本物だ」と広く認知《にんち》させること。そして、私の評判を貶《おとし》めること。

自信たっぷりな理由は、ここにいる参加者たちの個人情報をすでに入手しているから。と同時に、私のことを偽者の聖女だと強く思い込んでいるから。

イェリンが昨夜、茶番を企てた理由は、人前での悪魔祓いが聖女として最高のパフォーマンスになると考えたからだ。それゆえ、私が本物の聖女なら、私だって喜んで悪魔祓いをしたに違いない、とイェリンは思ったはずだ。

にもかかわらず私は悪魔を逃《のが》したし、それ以前に悪魔をオオカミだと言った。だからイエリンは私が偽者だと確信した、というわけだ。

嘲笑《ちょうしょう》するように鼻を鳴らすなど、休憩室での彼女の態度は褒められたものではなかった。私のことを取るに足らない相手だと、見下しているのがよくわかった。現に今も。

「イエリンさま、このような場で困ります！　確かにセルマさまは人の心を読む能力をお持ちですが、むやみやたらと利用していいものでは──」

「いいの、ラーシュ。ありがとう。わたくしは聖女、大丈夫です」

私の代わりにイエリンに抗議《こうぎ》してくれるその気遣いに感謝しつつ、私はラーシュを止めた。心配無用だと微笑むと、不満そうにしながらも彼は矛《ほこ》を収めてくれた。

舞踏室の中心からダンスに興じていた者たちが捌《は》け、イエリンの合図で仮設ステージが運ばれた。まず彼女が登壇《とうだん》し、私にも登るよう促す。

──まるで見せ物ね。

楽団も演奏を中断した。人々が小声で囁《ささや》く中、イエリンが嬉々《きき》と声を上げる。

「みなさま、本日はガイラルト家主催の舞踏会へようこそお越しくださいました。楽しい会の途中ではございますが、珍しいご出席者の紹介《しょうかい》をさせていただきます。ナミヤ教の、聖女セルマさまです」

拍手《はくしゅ》の中、人々の顔を見回しておく。顔と名前が一致するのは全体の六割というところか。ご当主方の隣《となり》にいる女性がそのご夫人だとするならば、およそ九割に上がる。

「セルマさまには人の心を読み、未来を見通す力が宿っておいでです。それと同じ力が、わたくしにも備わっております。これから、己の未来を知りたいとおっしゃる方に、わたくしたちが予言を授《さず》けて差し上げましょう」

ざわめきが大きくなった。

「どなたか、我こそはとおっしゃる方はいませんか？」

見たところ、興味はあるが半信半疑で、手を挙げるのを躊躇《ためら》っている者が多い様子だ。

そんななか、控えめに三つ手が挙がった。イェリンは彼らを壇上《だんじょう》へと招く。

「どうぞ、こちらへ。まずあなたさまから、お名前を頂戴《ちょうだい》できますか？」

「ヤーコブ・ラングハンスと申します」

「ラングハンス卿……承知しました。それではあなたの未来を視《み》ます……」

己のこめかみに指を当て、イェリンが目を瞑る。眉間《みけん》に皺《しわ》を寄せながら唸《うな》り、最後に
「ハッ！」と何かに気づいたような声を上げた。黒聖女は随分《ずいぶん》演技派らしい。

「視えました、ラングハンス卿。あなたの余命は十一年。食べ物が喉《のど》を通らなくなり、栄養が摂《と》れず衰弱死《すいじゃくし》するでしょう。……この未来は女神がわたくしに視せたもの。決して変わることはありません。だからどうか、受容なさいますよう」

イェリンの予言を嘘《うそ》だと笑う者もいる。それと同時にすっかり信じている者も。

人々の反応を静かに眺《なが》めていると、イェリンの垂れ目が私に向けられた。

「セルマさまからも何か、ラングハンス卿に予言を授けて差し上げては？」

「……お酒の量を減らし、辛《から》いものを控え、健康なお食事を心がけてくださいませ」

次の人はローベルト・テジサーク卿。肥満体の男性だ。

「あなたの余命は四年です。足先から知らぬ間に腐《くさ》り始め、やがて痛みもなく全身が腐っていくでしょう」

再び私にも話が振《ふ》られる。

「野菜を食べ、散歩程度で結構ですから運動量を増やしてください」

三人目は、カシュパル・ハロフ卿。

「あなたは二ヶ月後、女性に刺《さ》されて死にます」

「良質な睡眠《すいみん》を心がけ、よく噛《か》んで食事をとってくださいませ」

当《あ》たり障《さわ》りのない、予言でもなんでもないアドバイスしか私がしようとしないことに気づき、イェリンがすっと目を細める。

「……次はセルマさまから、予言をお願いいたしますわ」

攻守《こうしゅ》交代を告げられたが、私はゆるりと首を振る。

「いいえ、お断りさせていただきます。これ以上は付き合いきれません」

私がはっきり拒絶したことで、イェリンが目をらんらんと輝《かがや》かせた。

「セルマさまは正当なナミヤ教の聖女。にもかかわらず、予言ができないということですか？　わたくしにできて、聖女のセルマさまにできないと？」

「そうです。誰かの余命を告げるなど、わたくしにはとてもできません」

これはきっと、イェリンの筋書き通りの展開だ。私の前で圧倒的《あっとうてき》な力を見せつけ、「イェリンには敵《かな》わない」と私に思わせる。周囲の貴族たちはその姿を見て、「セルマは偽者、本物の聖女はイェリンだ」と思うようになる――といったところか。

「でしたらセルマさま、わたくしの力を認めてくださるということですか？　わたくしの力こそが、聖なる力であると――」

イェリンの笑みは、感情を覆《おお》い隠すだけの微笑みではなくなっていた。聖女の私に勝ったという、喜びが滲《にじ》んでいた。でも残念、ぬか喜びだ。

私は再度首を振る。

「いいえ、認めません。わたくしには全てわかっています。イェリンさん、もうこんなお芝居《しばい》はおやめになった方がよろしい」

イェリン・ガイラルトのこれまでの人生を考える。

地方領主の一人娘として生を受けたイェリン。しかし母親は病弱で、父親はそんな母親にかかりきり。旅行に行くのもままならず、優先されるのは母の体調。

注がれる愛情が足りないとどうなるか。――別のところから得ようとするのだ。

イェリンの場合は聖女になろうとした。多くの人に愛され、注目される特別な地位を欲したのだ。

「適当な言葉で人を惑《まど》わせてはいけません。ましてや、恐怖《きょうふ》で人を支配するなどあってはならないこと。女神ヲウルが『認めよ』とおっしゃるのは、ありのままの己の心を認めよ、という意味です。聖なる力と女神の名のもと、あえて試練を与《あた》えそれを受容せよと強《し》いるのは、ナミヤ教を利用した卑劣な洗脳の手口です」

「……わたくしが不当に人を苦しめているとおっしゃるのですか？」

大勢の前で自らの力を否定されることは、許し難い行為だろう。逆に私がイェリンの立場であっても、誤解を受けぬよう自己弁護する。

だとしても、女神の教義を騙《かた》るのは許せない。

「ええ、そうよ。イェリンさん、これ以上嘘を重ねるのはおやめなさい」

イェリンはため息を吐《つ》き、悲しそうに頭《かぶり》を振った。

「……残念です。セルマさまとはもっといい関係を築けると思っていたのですが……どうやらわたくしの勘違《かんちが》いだったようです」

彼女の噂を知らず、単なる舞踏会だと思ってこの会場にやってきた人にはさぞかし困惑《こんわく》する展開だろう。みな私たちに気圧《けお》されて、固唾《かたず》を呑《の》んで見守っている。

「いい機会ですわセルマさま。ここで白状なさってください、セルマさまには聖なる力などないのだと。我らレグルスレネト人を騙《だま》しているのだと！」

「わたくしは誰も騙していません。女神に誓《ちか》ったっていい。イェリンさまの方こそ、無責任な言葉を予言だと嘯《うそぶ》き、人々を不安に陥《おとしい》れることはおやめになってください」

この言葉に乗ってくれると嬉《うれ》しいけど……と思いながら告げると、イェリンが私をまっすぐ見つめた。まっすぐと言ってもわずかに顎《あご》の角度が高い。苛立《いらだ》ちは感じるが焦《あせ》りはなく、ゆるぎない勝利を確信しているようだ。

そしてイェリンは周囲を見回し、人々の顔を確認しながらすうっと息を吸った。

「アダルベルト・ユジーチェク卿、十七年後溺死《できし》。アドルフ・カシェ卿、三年後に心臓発《ほっ》作《さ》。アーミス・ホラーク卿、二年と五ヶ月後に腹痛から衰弱死……――」

そうやって、人名と死因、その死期をつらつらとあげ始めた。滔々《とうとう》と、まるで本でも読んでいるように、告げられた者がどう思うかなど顧《かえり》みもせずに。

十名ほど羅列《られつ》したところで、イェリンが自信たっぷりに微笑んだ。

「どうかしら。これでもわたくしに力はないと？」

同じように、私も微笑みを返す。

「ええ、ありません」

観客たちに目を遣《や》ると、名が挙がった者を数名見つけることができた。彼らはみな憤慨《ふんがい》したり動揺《どうよう》したり、それぞれ心を乱されていた。

――笑止《しょうし》。聖女が人を不安にさせるなど、あっていいはずがない。

「みなさま、ご安心くださいませ。わたくしはナミヤ教の聖女セルマ。そのわたくしが断言致します、みなさまの人生は自由です。恐怖による支配を受容する必要はありません」

「セルマさま、この期《ご》に及《およ》んで何を――」

「イェリンさん、招待客のお名前を覚えるのはとても大変だったでしょう。寝不足になるのも仕方のないことです。ここにいらっしゃる八十名に加え、招待したものの欠席なさった方々の情報も全て頭に叩《たた》き込まねばならなかったのですから」

「覚える？　何の話かわからないわ」

彼女の声がうわずった。すぐに咳払《せきばら》いをして誤魔化《ごまか》したけれど、もう遅い。

「あなたのそれは予言ではない。ただ紙に書かれたものを覚え、みなさまの前で読み上げただけ。だからアルファベット順に読むことしかできないし、あなたの中で彼らの顔と情報が一致していないから、この場にいない方のお名前も挙げてしまうのよ」

「……………！」

彼女に初めて会った時、髪からは香水《こうすい》とともにかすかに焼《や》け焦《こ》げた臭《にお》いがした。

おそらく、イェリンは予言の情報をサロから手紙で受け取っていたに違いない。誰かに見つかってはいけないから、読んだあとはすぐに燃やせと言われて。

しかし、数人ならまだしも数十人数百人の情報を一度に覚えるのは難しい。だからイェリンは紙に書き、書いては燃やし書いては燃やし、そうやって必死に覚えたのだろう。

「先ほどみなさまに視線を向けてはいたけれど、あなたの視線の先に名を挙げた方はいなかった。カシェ卿に至っては本日お姿が見えないのに、どうして予言ができるのです？」

「セルマさまこそ、適当なことをおっしゃらないで」

「適当ではありません。わたくしは、これまでにお会いした方全てを覚えていますから」

自信たっぷりに答えると、イェリンの顎に力が入った。悔《くや》しさに歯を食いしばっている。

それでも否を認められないようだったので、ダメ押しを一つ付け加える。

「それから、『アーミス・ホラーク卿』というのは暗記の過程でスペルミスが発生しているわ。正しくは、アーミスではなくアーモスさまよ。そうでしょう、ホラーク卿？」

振り返って彼に確認をすると、白髭《しらひげ》のホラーク卿がうんうん、と頷《うなず》いた。イェリンには、ホラーク卿がどこの誰で会場のどこにいるのかもわかっていない。そんな者が聖女を騙るなど、綻《ほころ》びが生じて当然である。

「――と、種明かしが終わったところで、この出し物も終わりですね。楽しい夜はこれからですわ。みなさま、素晴らしい余興を提供してくださったイェリンさんに盛大《せいだい》な拍手を」

私を出し抜くことしか頭になかったのだろうが、それが見事に失敗した今、この茶番が出し物だったふりでもしなければ、彼女はただの嘘つきに成り下がってしまう。案の定、イェリンは私の言葉に乗っかった。

「……あ、ありがとうございました。舞踏会の続きをどうぞお楽しみくださいませ」

私に負けた屈辱《くつじょく》と、それでも貴族たちの前で体面を保ちたい思い。両者が交ざり合い顔を引き攣《ひ》らせているイェリンに満足してから、私はドレスを摘《つま》み礼をする。

「それでは、これにてわたくしは失礼させていただきます。ナミヤ教ではみなさまのお心に寄り添い、困難やお悩《なや》みを取り除くお手伝いをしております。もしもご相談事がありましたら、ぜひお近くの神殿《しんでん》をお訪ねください。もちろん、その内容は決して誰にも漏《も》らしませんので、ご安心くださいませ」

イェリンがしたように、公《おおやけ》の場で個人情報を暴《あば》くことは絶対にない。――と、間接的に私は彼女の手法を否定した。

壇上から降り、ラーシュのもとへ戻る。ふと見ると、彼の手が震《ふる》えていた。相当気を揉《も》ませてしまったのだろう。

「セルマさま……っ」

「ラーシュありがとう、私は大丈夫だから……帰りましょう」

ひとまず、ここにいる貴族たちはイェリンを聖女だと認めたりはしないだろう。「やっぱり聖女はセルマさまだ」と囁く声を遠巻きに聞きながら、私は会場を後にする……はずが、屋敷から出る前にガイラルト卿に呼び止められた。

「セルマさま、すみませんが少々お時間をいただけますか？」

彼の背後にいる男たちは、全員が使用人の服装でありながら腰《こし》に剣《けん》を携えていた。固く口を引き結び睨みつけるような表情で、私に害意があることは明白だった。

――見たことのない顔ばかりだわ。イェリンの信者？　コルチリーから連れてきた？

私とラーシュは丸腰《まるごし》で、そもそも剣があっても嗜《たしな》みがないので扱《あつか》えない。ここは敵意に気づいていないふりをして穏便に退散できないかと、丁寧に辞退の旨《むね》を告げる。

「申し訳ございません、次の予定が押しておりますの」

「私どもも、手荒《てあら》なことはしたくないのです。……従ってくださいますね？」

彼らはすでに臨戦態勢で、私の言い訳には耳も貸さず屋敷の二階へと連行した。

この展開は、想定にない。今日の舞踏会で命の危険はないと思っていたけれど、ちょっと自信がなくなってきた……。

2

私とラーシュが屋敷のとある一室に軟禁されてから、どれくらいの時間が経っただろうか。私たちは奥のソファに座らされ、正面のソファにはガイラルト卿が通せんぼするかのように座っている。

部屋の隅《すみ》と、扉の横には武装した男が立っていた。だからもし無理やり逃《に》げようとしても、ガイラルト卿だけでなく彼らに力ずくで止められるだろう。

「ガイラルト卿、何度も申し上げているとおり、我々は明日には王都を発《た》たねばなりません。そろそろ解放してはくださいませんか？」

「もうしばらくお待ちくださいい。イェリンももうじき来るでしょうから」

私とラーシュがこの会場にいたことは、たくさんの人の知るところ。私たちに何かあった場合、まず疑いはガイラルト家にかかる。それは彼らも避けたいだろう。

イェリンもこんな予定ではなかったはずだ。舞踏会で自分の優位性を見せつけるつもりが逆に仕込みを暴かれてしまい、腹いせに私を捕《と》らえた、というところか。

「ガイラルト卿、わたくしにはわかります」

「……え？」

「最愛の奥さまとの愛の結晶《けっしょう》であるイェリンさんを、あなたがどれだけ愛しておられるか。家族思いで聞き分けもよく、そんな彼女を誇《ほこ》らしく思っていたのでしょう？」

いい加減解放されたかったので、まず真っ先に崩しやすいのは彼だろうと狙《ねら》いをつけた。私に心を許すように、彼の心を解釈《かいしゃく》していく。

「ですが、今のあなたは悩みに呑み込まれようとしていらっしゃいます。一体自分はどこで間違えたのだろうと。あの時、『悪魔』とイェリンさまを引き合わさなければ……と後《こう》悔《かい》しない日はないのですよね？」

ハッとし途端《とたん》に顔を歪《ゆが》ませて、ガイラルト卿は泣きそうな表情で大きなため息を吐いた。

「セルマさま……やはりあなたは本物の聖女さまだ。思い返せば、セルマさまは最初からお見通しだった。もっとあなたを信じるべきだった……！」

ガイラルト卿が釣り針《ばり》にかかった。焦らずに、ゆっくり糸を手繰《たぐ》りにかかる。

「お顔を上げてくださいませ。どんなに過去を後悔しても、過ぎたことは取り戻せません。今考えるべきは、これからどうすればいいか、です」

「そうですね。私は……私はどうすればいいか……実は、妻の身が危《あや》うく――」

妻。コルチリーで療養《りょうよう》中の奥さまのことだ。やはり危険にさらされていたのか。テオを向かわせて正解だった。……とそこへ、勢いよく扉が開かれた。

「楽しそうねお父さま。わたくしもお話に交ぜてくださる？」

ノックもせずに入ってきたのはイェリン。聞き耳を立てていたのか、入室するなりガイラルト卿を牽制《けんせい》した。私に乗せられまんまと口を滑《すべ》らせた卿は、とてもバツの悪そうな顔をしてそれきり沈黙《ちんもく》してしまった。

「セルマさま、さきほどはデタラメな発言でわたくしに試練を与えてくださり、どうもありがとうございました」

「いいえ、とんでもない。身《み》の程《ほど》を知るよい機会となりましたね。イェリンさんはまだお若い。今日のご経験はこれからの糧《かて》となるでしょう」

軋《きし》む音が聞こえてきそうなくらい、イェリンの両手は強く握《にぎ》り込まれていた。かなりの怒《いか》りを感じるが、私は火に油を注ぐ。

「おっしゃらずとも、イェリンさんのお気持ちやご苦労はわかります。言われた通りに演じたら聖女にしてやると持ちかけられ、聖女となって人々に持《も》て囃《はや》されるのを夢見て必死にやってこられたのでしょう？　あんなにたくさんの人名と予言を覚えさせられて……さぞや大変だったことでしょう」

イェリンの小鼻はふくらみ、呼吸も荒《あら》くなっている。私の狙い通り、徐々《じょじょ》に興奮が高まっている証拠《しょうこ》だ。

「本当は覚えたくなどなかったでしょうね。ただ特別な聖女の椅子《いす》が欲しかっただけ。全ては悪魔がいけないの。あなたを唆《そそのか》した悪魔が。あなたの弱く満たされない部分につけ込み、あなたを愚《おろ》かで欲深い自惚《うぬぼ》れ者に仕立て上げた」

「……わたくしの背後に悪魔がいることを見抜《みぬ》いたのは褒《ほ》めてあげるわ。でも、あなたにわたくしの何がわかるというの？」

「女神は全てお見通しです。誰かに注目してほしい、というあなたの欲が悪魔に利用されたことも、あなたがすでに本物の聖女であるわたくしには勝てない、と気づき始めていることも」

神経を逆撫《さかな》でした甲斐《かい》があり、イェリンはますます激昂《げっこう》していく。

「いいえ、わたくしは聖女よ、本物の聖女！　おまえこそが偽者よ！　見てごらんなさい、ここに聖痕《せいこん》だってある！」

イェリンが怒鳴《どな》った。ここに、と言って左手《ひだりて》の甲《こう》を見せつける。

私はため息を吐き、気の毒そうに静かに諭《さと》す。

「痛かったでしょう、頑張《がんば》ったことは評価に値します。ですが、聖痕とは与《あずか》り知らぬ力によりおのずと顕現《けんげん》するもので、自分で付けた傷とは違うの」

イェリンの傷はすでにうっすらと消えかかっていた。傷が浅すぎたのだ。

「……わたくしには聖なる力があるわ！　心を読める！　人の死期も死因もわかる！」

「女神は死期など伝えません。人を苦しめる予言も絶対にいたしません。人を愛している女神が、人を苦しめようとするわけがない」

「知らないわよ！　いいからその減らず口をやめなさい！」

「改心するなら今ですよ。己の罪を認める者を、女神は決して拒《こば》みません」

「ハッ、誰《み》が！　わたくしは悪くない。悪いのはセルマ、おまえよ！」

悪魔に魅入《みい》られた彼女が、こんな説得で改心するとは端《はな》から思っていない。私が訴《うった》えかけている相手は、イェリンに見えてイェリンではない。この部屋に複数いる、イェリンを信ずる者たちだ。

案の定、彼女に対する彼らの信頼《しんらい》はすでに揺《ゆ》らぎ始めていた。仲間同士目で会話し、どうすべきか戸惑っている。一番いいのは彼らが寝返《ねがえ》り、私の味方についてくれることだけど……そこまで持っていけるかどうか。

「お父さま、わたくしとこの女を二人きりにして。聖女同士、腹を割って話したいの。……そこのメガネの神官は地下室にでも閉じ込めておいて」

話が進まないことに焦《じ》れたのか、イェリンが本性《ほんしょう》もあらわに命令した。

「地下室？　なんでそんなところ……お断りいたします、セルマさまと離れるわけにはいきません！」

離れるな、という忠告をラーシュが忘れていないことに感謝しつつ、私は言葉を添える。

「わたくしは大丈夫。話が終わったら迎《むか》えに行くから、それまで少し待っていて」

ラーシュが俯《うつむ》き、唇《くちびる》を噛んだ。納得《なっとく》できずとも呑むしかないこの状況《じょうきょう》を、必死で受け入れようとしているのだ。

「……わかりました。セルマさま、ご無事で。女神の祝福があらんことを」

ラーシュが立ち上がり、ガイラルト卿も立ち上がる。

「廊下《ろうか》にいます。何かあれば、お呼びください」

「ありがとうございますガイラルト卿。お心遣い、深く感謝いたします」

パタンと扉が閉まり、足音が遠ざかっていく。人払《ひとばら》いが完了したのを待って、私はイェリンに告げる。

「大人しく従っているのだから、乱暴はやめてね。わたくしにも、ラーシュにも」

勝ち誇ってイェリンが笑った。

「どうかしら。わたくしが聖女になるまで大人しくしていると約束するのなら、あの神官を返してあげてもいいわよ？」

「それは無理よ、わたくしもラーシュも年老いて死んでしまうわ」

「……なんですって？」

人質《ひとじち》を取ったくらいで私の優位に立てたと思ったら大間違いだ。ソファの背もたれに体を預け、ふんぞり返るように座り直す。

「人払いをしてくださってよかったわ、これであなたに本音が告げられます。……イェリンさん、あなたがどう足掻《あが》こうが、あなたは聖女にはなれません。わたくしの代わりになれない。絶対に。その可能性は微塵《みじん》もない。早く諦《あきら》めた方が身のためよ」

煽《あお》りながら事実を告げると、イェリンは見事に鼻息を荒くした。

「わたくしに説教しないで！　なによインチキのくせに本物ぶっちゃって！」

「わたくしの言葉は女神ヲウルの言葉。女神ヲウルが託《たく》したお言葉を、わたくしの口を通して伝えているだけにすぎません。あなたとは違うのです、この大根役者」

澄《す》まし顔でサラリと言ったので、彼女は最初何を言われたのか理解できていないようだった。そこで、彼女が聖痕だとのたまった傷を指し、もう一押《ひとお》しを試みる。

「その手の傷、浅すぎよ。ダメじゃない、『聖痕』なんだから消えないようにもっと深く傷つけなくちゃ。ま、わたくしと同じ場所に付けちゃうあたり、愚の骨頂《ぐのこっちょう》なんだけど？　聖女の聖痕は必ずしも左手の甲に出るわけじゃない。勉強が足りなかったみたいね、おかわいそうに」

イエリンが目を見開いた。ようやく自分が嘲笑《ちょうしょう》されていると気づいたようだ。

瞬時《しゅんじ》に手が振り上げられた。このくらいで手が出るだなんて忍耐力《にんたいりょく》が足りない。

――拳《こぶし》で殴《なぐ》るか。痛いだろうけど、平手よりも見た目が派手になるなら儲《もう》けものだ。

「……ッ！」

頬《ほお》にゴツッと拳が当たった。頭が揺れ、私はソファに倒れ込む。

当たった場所は左頬。唇と頬の内側が切れ、口の中に血の味が広がっていく。

――ちょうど欲しかった位置だわ。いい仕事するじゃないの。

時間をかけてのっそりと起き上がる。イェリンは右手の拳を震わせながら、私を見下ろしていた。

私は殴られたのと反対の頬を指差して、嫌《いや》みたっぷりにニヤリと笑った。

「スッキリした？　ついでにこっちも殴っておく？　拳で殴るだなんて、田舎貴族のご令《れい》嬢《じょう》はゴリラ並みに野蛮《やばん》なのね」

引き合いに出されたゴリラは完全なとばっちりである。心の中でゴリラに謝罪しながら、ほらほら殴りなさいよ、とイェリンに顔を突《つ》き出した。

「ふ、ふ……っざけないで！　このっ、おまえこそ何様⁉　おまえの方こそ偽者のくせして！　詐欺師《さぎし》！　この、ペテン師がっ‼」

今度はパンッと高い音が響《ひび》いた。平手打ちである。

拳で殴られると骨にジンジン響く痛みを感じるが、平手の場合は皮膚《ひふ》の表面に鋭《するど》い痛みが走ってすぐ散っていくみたいだ。また一つ、賢くなってしまった。

「拳はゴリラだと言われたから、今度は平手打ち？　指摘《してき》されたところを早速直してくるあたり、思っていたより聞き分けがいいのね。お利口お利口、よくできました」

痛みから気を逸らしながら、さらにイェリンを煽った。ここで私が痛みに顔を歪めでもしたら、立場が逆転してしまう。私に何をしようとも、効果がないと知らしめないと意味がないのだ。

「は、はあああ⁉　何よその上から目線は⁉　どれだけわたくしのことを馬鹿にすれば気がすむの⁉　わたくしはイェリン・ガイラルトよ、コルチニーを領地とする――」

「田舎貴族の箱入《はこい》り娘よね」

「そうよ、田舎貴族の箱入り……って、お黙り！　わざわざ『田舎』って付けなくてもいいじゃない！」

余計な一言を最適のところで付け加えたら、まんまとイェリンが引っかかった。

「でもあなただって思ってるでしょう？　だからスルッと口から出たのよ」

「うるさい！　ほんっと、最低！　ようやく本性を表した、最低最悪の詐欺師！　魔女《まじょ》！　この……くそ女‼」

イェリンがいよいよぶち切れて、ガタンと音を立てながらテーブルを越《こ》えてやってきた。握り拳を振り上げて、私を両手で殴りにかかる。

——いい感じ、イェリン！　私が欲しかったのはこの構図よ！

マウントポジションを取られ、一方的に殴られる私。この絵面《えづら》があれば、この先の展開が進めやすくなる。すると早速扉が開き、ガイラルト卿が様子を見にやってきた。

「イェリン、大きな音がしたぞ。一体お前はセルマさまに何を言っ…………ええ⁉」

罵声《ばせい》を浴びせかけながら、無抵抗《むていこう》の人間をタコ殴りにするイェリン。部屋の外にいたガイラルト卿にはイェリンを煽る私の声までは届いておらず——小声を心がけていたので——、私に対する彼女の罵倒《ばとう》ばかりが聞こえていたはずだ。

いよいよ大きな音がして、いてもたってもいられなくなり意を決して入室してみると、聞こえたとおり一方的に聖女をいたぶる我が娘。

「イェリン！　やめなさい、落ち着きなさい！」

私からイェリンを引き剝《は》がし、羽交《はが》い締《じ》めにして距離《きょり》を取る。この騒動《そうどう》で、同じく廊下に控えていたイェリンの信者たちも何事かと部屋を覗《のぞ》く。

「放してよお父さま！　セルマ……こんなんじゃ済まないわ、頭が砕《くだ》けるまで殴ってやる！　聖女にふさわしいのはこのわたくしよ!!」

イェリンが離れた隙《すき》に、私はヨロヨロと起き上がった。頬が腫《は》れ、唇が切れ、流血している私の顔を見て、信者たちが息を呑む。

「その怪我《けが》……イェリンさまが？」

答えなくたって、それ以外にないことは誰にだってわかる。私は微笑み目を瞑り、胸の前で両手を組んだ。

「偉大《いだい》なる母にして我らが女神ヲウルよ。愚かな我らを赦《ゆる》したまえ、小さき我らを赦したまえ。悪《あ》しき心も尊き心もすべて我らにあれば、女神の導きによりて穢《けが》れを祓うこと能《あた》う……──」

聖典にある祈《いの》りの言葉だ。救いを求めている時、何かに悔《く》いている時、あるいは、特に何もないけれど女神を信仰《しんこう》したい時。そんな時に使う一節を私は淡々と唱えた。

顔を上げると、ガイラルト卿が罪悪感から泣き出しそうな表情をしていた。己の娘が感情に任せて他人に手を上げたことが辛いのだ。決してイェリンを責めようとしない私の寛《かん》大《だい》な態度も、彼の中の罪の意識を膨らませる。

「ガイラルト卿、イェリンさんを責めないで差し上げてください。わたくしは彼女を赦します」

羽交い締めにされているイェリンが再びもがき暴れようとする。

「はあ⁉ おまえなんかに赦される必要なんてないわ！ そもそも『赦す』って何よ⁉ 元はと言えばおまえが悪いんじゃないっ‼」

「イェリンさんにも、女神ヲウルの祝福を」

暴力を振るう者と、暴力を振るわれても相手を責めない者。対照的な私たちに周囲はどんな印象を抱いただろうか。

「お父さま、その女も地下室に閉じ込めておいて！ 処分は後で決めるっ」

ひとまずこれでラーシュと合流できそうだ。あとはうまく抜け出して、王宮に戻ればいいだけ……。

3

私は後ろ手に縛られ、ラーシュと同じように地下貯蔵室に放り込まれた。部屋の天井にはランプが吊るしてあるものの、明かりは点《つ》いていない。階段の上からかすかに差し込む明かりが唯一《ゆいいつ》の頼《たよ》りだ。

「セルマさままで縛って閉じ込めるなど、やはりここの人間は普通《ふつう》ではありません！」

「いいえ、ガイラルト家の人間はみな普通の人よ。わたくしたちを敵視しているだけの」

「しているだけ、ってそれが一番おかしいではありませんか！」

最初は真《ま》っ暗闇《くらやみ》に思えたものの、時間が経って目が慣れてくるにつれ、周囲の様子がうっすらと見えるようになった。ラーシュの表情までは読み取れないけれど、ぼんやりと輪郭《りんかく》がわかる。

扉は牢屋《ろうや》にあるような鉄格子《てつごうし》でできていた。床《ゆか》は石造りなので、接地面から体温が奪《うば》われていくようだ。神殿より王都の方がいくらか気温が高いとはいっても、夜の冷え込みはさすがに辛い。

「世界は広く、色々な人がいるものよ。『おかしい』と憤《いきどお》るよりも、『そういうものか』と受け入れてしまうの。納得できなくてもいい、そういうものと受け止めるだけでいい。どれだけ言葉を重ねても、分かり合えない人はいるから」

ラーシュがううむと唸っているが、いくらこちらが心を尽くそうと教団に何の興味も示さない人はいるのである。求める人には与えられるが、求めていない人に与えられるものはない。お互《たが》いに、そっとしておいた方がいい関係だってある。

「それでセルマさま、今まで聞けませんでしたが、舞踏会に悪魔はいたのでしょうか？」

「いいえ。わたくしが確認した限りでは、見つからなかったわ」

私たちが二階で待たされている間に、客は全て帰されたみたいだ。今残っているのは、ガイラルト父娘《おやこ》と使用人、そして一部のイェリン信者だけ」

「……テオの報告が気になるわ。きっともう王宮に到着している頃よ」

テオをコルチリーへ行かせるにあたり、私はいくつかの頼《たの》み事をしていた。その一つが、ガイラルト夫人の所在の確認と、保護だ。

ガイラルト卿と初めて会話を交わした時、私には彼が本心からイェリンを聖女と信じているようには見えなかった。仮にイェリンに従わされているのだとして、その理由はと考えたところ、大切な人を人質に取られた可能性が高いと思ったのだ。

実際に、ガイラルト卿は妻を領地に残し王都に来ているが、これまで妻の体調に配慮《はいりょ》し王都での社交を控えていたことと辻褄《つじつま》が合わないし、さっき「妻の身が危うく――」と言いかけていたことも、私の立てた仮説を裏付けてくれている。

「テオフィルスさまがいたならきっと、捕らえられるようなヘマはしなかった。セルマさまを危険に晒《さら》すようなことも。万一捕らえられたとしても、彼なら難なく抜け出せた」

ラーシュが悔しさを滲ませながら呟いた。

「ラーシュ……どうしたの？」

彼はテオと張り合うことが多く、さらに自分を卑下《ひげ》するような発言などしたこともなかったはず。それがどうしたことか、テオを認める発言まで出る始末。敵陣《てきじん》で虜囚となり、八方塞《はっぽうふさ》がりな状況に気が滅入ってきたのだろうか。

「申し訳ありませんセルマさま。わたしが不甲斐《ふがい》ないせいで」

「そんなことないわ、ラーシュ。あなたはよくやってくれています」

周囲に気を配りすぎて、最も近くにいるラーシュの変化に気づけなかった。その点は、私も少々冷静さを欠いていたということか。反省すべきところだ。

……などと分析《ぶんせき》していたら、とんでもない言葉がラーシュの口から飛び出す。

「好きです」

「…………えっ？」

まったく。全く想定していなかった。突然の爆弾《ばくだん》、突然の告白。

「セルマさま、あなたさまをお慕《した》いしています。志高く、前向きで、いつも笑みを絶やさないセルマさまを、心から愛しています。わたしの命と引《ひ》き換《か》えにセルマさまが助かるのなら、わたしは喜んで差し出します」

しかし思いのほか狼狽《うろた》えずに済んだ。ラーシュから好意を向けられていることにはうすうす気づいていたけれど、それが理由ではない。告白の中に聞き捨てならない言葉があったからだ。

「……ラーシュ、今すぐその考えは捨てなさい」

私の冷たい反応に、彼が怯《ひる》んだのがわかった。だけど譲《ゆず》れない。

「好意は嬉しい。けれど、わたくしのために自ら命を捨てるなど、わたくしが最も嫌《きら》うこと。絶対にわたくしは望まない。喜びもしない」

私のために誰かが傷つく。私のために誰かが死ぬ。それは、私にとって絶対に許せないことだ。気安く命を差し出されようものなら、正気に戻れと何度だって叱《しか》りつける。

……とはいえ今はさすがにそれを貫《つらぬ》くタイミングではなかったかもしれない。

「――ごめんなさい、言いすぎたわ。これじゃラーシュに誠意ある対応をしているとは言えないわね」

「……いいえ。いいんです。元々、何がしかの望みを抱いていたわけではないのです。どちらかというと、わたし自身のけじめのため。セルマさまへの敬愛はこの先ずっと変わりませんから……十分です。ありがとうございました」

けじめ、というのが何を意味するのか、わからないわけではない。私に恋愛《れんあい》感情を抱いても、どうにもならないのだと自覚するためだ。私が想いを返すことは絶対にないと、彼なりに思うところがあったのだろう。

「それでセルマさま、ここからどうやって脱出《だっしゅつ》するかについてですが――」

「それなら問題ないわ。誰も来ない今のうちに、ササッと逃げてしまいましょう」

さっきまで腰の後ろで縛られていた両手を顔の横でヒラヒラ踊《おど》らせて、「ほらね」とラーシュに見せびらかす。

「え、ど、どうやって縄を解いたのですか⁉」

「内緒《ないしょ》。あなたのも解いてあげる。ほら、後ろを向いて」

単純なことだ。結び目が緩《ゆる》かっただけ。

私を縛ったのはガイラルト卿だ。痛くないよう気を遣《つか》い、緩めておいてくれたのだ。ただ、私が逃げようとしていることまでは想定外だったかもしれないけれど。

「よし、解けた。早速ここから出ましょうか。見張りがいない今のうちよ」

「でも、出るってどうやって？　扉には鍵《かぎ》がかけてあるのですよ？」

私は自分の髪飾《かみかざ》りに触れ、ヘアピンを一本抜き取った。

「これで鍵を開けるわ」

ラーシュに見せると、彼は眉間に皺を寄せ首を左右に振った。

「そんな泥棒《どろぼう》みたいな手段でうまくいくわけ――」

が、言うが早いかカチャンと鍵が開く音がした。私はラーシュに笑ってみせる。暗いので、彼に見えたかはわからないけれど。

「構造さえわかっていれば誰にだってできるのよ。さ、行きましょう」

みな私が聖女だけに大人しく捕《つか》まってると思っているようで、見張りも見回りもいなかった。誰もいない舞踏室は静まり返り、ティールームとして使われていた食堂に、片付けのために使用人が出たり入ったりする程度。

二階へ続く階段の下で耳をすませば、言い争う声と暴れている音が聞こえてきた。イェリンたちは二階にいるみたいだ。

ラーシュを振り返り、視線を合わせ指を一本口の前に掲《かか》げる。

このまま静かに逃げましょう。そういう合図をして、足音を立てないようにつま先立ちになったところ、ラーシュの目がクワッと見開かれた。

「セルマさま、頬が赤くなって……！　唇も切れています！　どうなさったのですか⁉」

地下ではよく見えなかったものが、明かりのもとではよく見える。ラーシュが驚《おどろ》きの声を上げた。

「大丈夫よ、すぐに治るわ」

「誰にやられたのですか？　……イェリンさまですか？」

「そんなことより早く出ましょう」

ここは敵陣である。不要な恐怖を感じさせないため余裕ある振る舞いを心がけているけれど、地の利も、人数も、こちらが劣勢《れっせい》に違いない。

だから今ここで怪我がどうとか、悠長《ゆうちょう》に話している場合ではないのだ。

「いいえ、いけません。こんな蛮行《ばんこう》許せません！」

ラーシュの真面目さがこんなところで裏目に出た。とにかく私は彼を引っ張ってでも外に連れ出してしまいたかった。そうすれば、闇《やみ》に紛れることもできるからだ。

「痛くないし、本当に大丈夫なの。だから早く――」

ラーシュを説得しようとしたが、制限時間を迎えてしまった。逃げましょう、と再度言い終わるよりも先に、私たちは見つかった。

「セルマさまと……神官さま？」

気づいた時にはガイラルト卿とその他数名が階段の上から見下ろしていた。

――見つかったけど、相手が彼ならばまだ望みはある……？

駆け寄ってきたガイラルト卿に、私は意を決して告げる。

「時間がないので手短に申し上げます。昨晩コルチリーのガイラルト本邸《ほんてい》へ、屈強《くっきょう》な修《しゅう》道騎士《どうきし》とテオフィルス殿下を向かわせました。夫人の所在を確認し、安全な場所に保護するようにと。わたくしはこれから、その報告を聞きに戻らねばなりません」

突然の私の告白に、彼は目を丸くして震える息を吐き出した。

「なんと……セルマさま、妻のこと、まさかご存じだったのですか？」

「ええ、女神のお導きにより。ですから、引き止めないでくださいますか？」

一も二もなくガイラルト卿は頷いた。

「それならば今のうちに、お早く。その代わり、妻をよろしく頼みます。イェリンは現在二階にいますから――」

突破《とっぱ》した、と安堵しかけたところ、背後から別の足音がやってくる。

「おや、もしやあなたは聖女セルマさま？」

振り返ると、見たことのない若い男が立っていた。歳《とし》の頃は二十代半ばから後半、身なりは貴族のそれだ。態度がでかく、腰には剣。しかし体つきは細く、そこまで鍛《きた》えているとは言えない。

「サロさま……！」

ガイラルト卿が震える声を上げた。

――サロ？　彼がサロ・パルヴァ？　……イェリンを操《あやつ》る悪魔憑き‼

誤算だった。聖女である私の前に直接姿を現しはしないと思っていた。

私はドレスの裾《すそ》を摘み、動揺を悟られないようサロに挨拶をする。

「サロさま、というお名前から推察するに、パルヴァ家の次男サロ・パルヴァさまでございましょうか？　お初にお目にかかります、セルマと申します」

「仰《おお》せのとおり、サロ・パルヴァです。初めまして、まさか名だけで家名まで言い当てられるとは、素晴らしい記憶力《きおくりょく》だ」

彼の余裕ある雰囲気からは、直《ただ》ちに危害を加えようとする意志はなさそうに見える。しかしこれまで私を避けていたくせに、ここで姿を現すなんてどういう風の吹き回しか。

さらに今イェリンに見つかると、事態は混迷《こんめい》を極《きわ》める。一刻も早くこの場を去りたい。

「大変恐れ入りますが、急いでおりますのでわたくしはこれで」

……と、告げたあとで嫌な予感が頭を過《よ》ぎる。

今夜の舞踏会の目的は、私の評価を落としイェリンの能力を知らしめることにあるのだと考えていた。だから、その目論《もくろ》みが失敗して遣《や》る瀬《せ》なくなったイェリンが、衝動的《しょうどうてき》に私を捕らえたのだと。

しかしそれは表向きの目的で、それとは別に真の目的があったのだとしたら。

――もしかして私、再度捕まったらもう二度と外に出られないのでは？

そんな時、頭上でカツンと高い音がした。靴《くつ》の踵《かかと》を鳴らす音だ。見上げれば、イェリンが私を見下ろしていた。

「陛下がうるさいと思ったら、セルマさまではございませんか」

自分達が圧倒的に有利な立場にいると思っているのだろう――確かにその通りだ――、イェリンは勿体《もったい》ぶるようにゆっくりと階段を下り、私の正面に立った。

私の唇、それから頬に視線を動かし、嘲笑うようにフッと笑った。腫れたり、切れて出血しているところを見て、いい気味だと悦《えつ》に入っているのだろう。

「どうしたのですかセルマさま、地下でお待ちくださいと申しておりましたのに。家主の許可なく屋敷内をうろつくのは、失礼な行いではございませんこと？」

「急用ができてしまったのに、言伝《ことづて》を頼めそうな方が見当たらなかったものですから。今ようやくガイラルト卿に直接お伝えできたところですの」

怪我の痛みなど感じていないかのように、私はにこやかに微笑んだ。

「あら、帰ってしまわれるのですか？　今夜はもう遅いですから、泊《と》まっていかれてはいかがですか？　一泊《ぱく》と言わず二泊三泊、いっそ死ぬまででも結構ですわよ？」

——いっそ死ぬまで。……それが真の目的ね。

イェリンの言葉で確信した。彼女は、彼女たちは、元から私を帰す気などなかった。私をここで捕らえ、監禁し、行方《ゆくえ》不明扱いにするつもりだった。

そして、イェリンを新たな聖女として教団に認めさせるつもりだったのだ。

——どう言ってこの場を切り抜ける？　今一度ガイラルト卿に訴えかける？　もしくは、イェリンに疑問を抱き始めている信者たちから崩すのが最善か……。

ところが次の手を決めるより早く、ラーシュが一歩私の前に歩み出た。彼にしては珍しく腕で私を後ろに押しやり、イェリンとの間に割って入る。

「イェリンさま、セルマさまのお顔をこのようにしたのはあなたか？」

「……ラーシュ、いいから」

怒《おこ》ってくれるのはありがたい。でも、今じゃない。

「いいえ、よくありません。セルマさまこそ理不尽《りふじん》に殴られひどい怪我まで負わされたのに、どうして笑っていられるのですか！」

——作戦だからよ！　でもここでは説明できないの……！

「それは違うわラーシュ。イェリンさんにこうさせたわたくしが悪いのです。彼女だってわたくしを殴りたくて殴ったのではないわ。わたくしに至らないところがあったから。ね、そうでしょうイェリンさん？」

「……ええそうよ、全部セルマが悪いのよ、わたくしをけしかけたセルマが！」

ラーシュは首を振り、何が何でも否定する。

「わたしは信じません。セルマさまは誰かを笑顔にすることはあっても、怒らせることは決してなさらない。イェリンさまが誤解をしておられるのだ！」

私が一度逆上《ぎゃくじょう》させたからか、イェリンの感情が表に出やすくなっている。その証拠に、眉《まゆ》がピクピクと痙攣《けいれん》している。

「神官さまはセルマという詐欺師に騙されているようね。目を覚ましなさい」

しかしラーシュがそんな言葉で揺らぐはずもない。

「イェリンさまこそ目をお覚ましになったらどうです？　悪魔と手を組んだところで、あなたは聖女にはなれない。悪魔は悪魔だ、邪《よこしま》な者とは早く手をお切りなさい！」

——ラーシュそれ、言っちゃダメなやつ！　今ここにその悪魔憑きがいるのよっ！

とんでもなくハラハラしている私を差し置いて、イェリンもますます声を荒らげる。

「嫌《いや》よやめるもんですか、聖女になるためなら悪魔だって利用するわよ！」

「悪魔を利用する聖女が、一体この世のどこにいますか⁉」

「ここにいるイェリン・ガイラルトがそうよ！　綺麗事《きれいごと》ばかり言うのはおやめ！　金も地

位も名声も、そして人々の関心も、聖女になれば手に入る！　そのためならわたくしは、どんな悪事にも手を染められるわ！」

ラーシュとイェリンの口論。イェリンの言うとおり彼女をけしかけたのは私だし、限りなく詐欺師に近い聖女なのも私だ。

でも、ラーシュには善良な姿しか見せてこなかったのだから、「セルマは詐欺師」と宣《のたま》ったところで彼には単なる悪口にしか聞こえないのである。

私はさりげなくサロの表情を盗《ぬす》み見た。さすが悪魔というべきか、彼は無表情、無感情だった。顔色から何も読み取らせまいとする気概《きがい》が素晴《すば》らしい。……って、褒めている場合ではない。これ以上は私の心臓が持たないので、二人を止めるべく口を挟む。

「ラーシュいいのです、わたくしは何を言われようとも――」

「セルマさまは黙っていてください！」

「おまえは黙っていなさい！」

しおらしく止めようとすれば、ラーシュとイェリン、二人の声が重なった。

「……ラーシュ、黙るのはあなたの方です。わたくしの背後に回りなさい」

「嫌です。セルマさまをお守りします」

このやりとりで余計にイェリンが怒り、苛立ち、地団駄《じだんだ》を踏む。

「……どうしてよ。どうして毎回、おまえばっかり守られるのよ。こんなにわたくしが頑張っているのに、どうしてっ！」

「イェリンさまが頑張る方向を誤っておいでだからです！　いい加減、セルマさまに嫉妬なさるのはおやめください！」

ラーシュがここまで暴走するなんて……と二人の口論を眺めながら途方《とほう》に暮れていたところ、有り難くもイェリンの信者が参戦する。

「さっきから聞いていれば一体……『悪魔を利用』とは？　イェリンさまは聖女ではないのか？　それでは私たちに授けた予言というのも、悪魔の言葉だったと？」

「それが何よ、うるさいわね。おまえたちは黙ってわたくしの命令だけ聞いていればいいのよ！」

信頼を取り戻す最後のチャンスを、彼女は自ら棒に振った。心底煩《わずら》わしそうに、彼らを単なる駒《こま》としてしか認識していない発言をしてしまった。

しかしイェリンにはラーシュと私しか見えておらず、己の失態に気づけずにいた。

「ガイラルト卿、申し訳ありません。イェリンさまこそ聖女にふさわしいと思い、ここまで従ってきましたが……私が間違っていたとしか思えません」

仲間割れの瞬間《しゅんかん》である。みな一斉《いっせい》に、ガイラルト卿とイェリンから離れていく。

「──俺も。舞踏会の時から、うすうすおかしいと思っていたんだ。もっと早く決断していれば……そうすれば、本物の聖女さまをお守りすることもできたのに」

計算通りとは言えないけれど、着地点としては悪くない。ラーシュの怒りもいい追い風になったみたいだ。

私は微笑み、首を振った。気にしないで、と聖女らしく。

イェリン信者は全員私に寝返り、あっという間に勢力図が変わった。でも、悪魔憑きのサロがいる限り、油断はできない。

改めてサロを確認しようと再び振り返ったとき、私の背筋が凍りついた。サロはラーシュのそばに近寄り、その首に剣を突きつけていたのだ。

「大人しくしていなさい。セルマさまも。余計な動きを見せた場合、すぐにこの首を掻《か》き切る」

「……わかったわ、動かない。ラーシュも動いたらだめよ」

悪魔のことだ、これは単なる脅しではない。イェリンが不利な状況になりつつある今、私を孤立《こりつ》させるためにラーシュを殺すかもしれない。

「セルマさま……お逃げください、わたしよりご自分のお命を優先なさってください」

「その考えはやめてと言ったでしょう。絶対に見捨てないから」

サロの肩の向こうに見える、イェリンの顔が歪んだ。

「……また？　またそうやって庇《かば》い合うの？　ああなんて美しいこと！」

馬鹿にしたように、あははは！　と高笑いするイェリン。それを見て、ガイラルト卿が懇願《こんがん》する。

「イェリンお願いだ、もうこんなことは終わりにしよう！　誰かを騙したり傷付けたり、胸が痛まないのか⁉　サロさまもおやめください！　イェリンを解放してください！」

サロがガイラルト卿を睨む。

「今更《いまさら》何を。仮に手を切ったとして、私が生かしておくと思うのか？」

やはりサロが黒幕。私の立てた仮説が証明されていく。

「ご安心ください、サロさま。わたくしはこれから先も仲良くやっていきたいのです。もしも手を切るとしたら、サロさまではなく父を切るわ。もっとも、最初に誰かを斬るとしたら、まず間違いなくセルマね」

イェリンがニタリと微笑んだ。サロを見て、ガイラルト卿を見て、最後に私を見て笑う。

「わたくしはセルマが憎《にく》くて仕方がないの。殺さなければ気が済まない。殺すなとか生かしておけとか……細かいことはどうでもいい」

冗談《じょうだん》で言っているようには聞こえない。一方で、サロがイェリンに忠告する。

「やめろイェリン。伝えただろう、聖女は生かしておくんだ」

——生かしておく？　監禁はしても、悪魔に私を殺す意志はない？

察するに、イェリンは聖女を殺すなと言われていたようだ。だからサロも私ではなく、ラーシュを人質にとった。

けれどそれ以上にイェリンの私への憎悪《ぞうお》の方が勝《まさ》っていた。おそらくこれは、悪魔にとって想定外の事態なのだ。

「うるさいわね、わたくしは聖女になる特別な人間よ。セルマを殺し、そっくりそのまま全部奪ってやるのよ！」

「おいイェリン、抑《おさ》えろ。勝手に暴走するな」

サロを無視し、イェリンがガイラルト卿の腰を指差す。

「お父さま、その剣をセルマに突き立てて。……と言っても、臆病《おくびょう》なお父さまには無理な話よね」

イェリンは真っ青になっているガイラルト卿にツカツカと歩み寄ると、彼の腰にあった剣を勢いよくシャッと抜いた。そして私に向き直る。

「さよなら、セルマ」

硬質《こうしつ》な切っ先が、風を切る音を立てながら勢いよく私に迫《せま》った。

4

「先にテオに告げておくわ。三つほどお願いしたいことがあるの。時間がないからヘルムートにはあなたから伝えてね」

コルチリーへ発つ準備を終えた俺は、セルマから任務を与えられた。

「まず一つ目は、ガイラルト邸に悪魔憑きがいないか探《さぐ》ること」

「なるほど」

セルマが人差し指と中指を立て、俺に見せる。細く華奢《きゃしゃ》な指だ。

「二つ目は、ガイラルト夫人の所在確認と安全の確保」

俺は何も言わず頷く。夜も遅いから眠《ねむ》いのか、セルマの瞳が潤《うる》んでいて愛らしい。

「それと最後に、イェリンさんの部屋に怪《あや》しいものがないか、調べて」

怪しいものとは具体的に何なのか尋《たず》ねると、桃色《ももいろ》の小さな口が再び忙《せわ》しなく動きだした。

「悪魔とのやりとりがわかるもの。たとえば手紙とか。もしかしたらすでに燃やされ灰になっているかもしれないけれど」

「わかった。頼み事は以上か？」

「そうよ」

「よし、覚えた。準備が出来次第《しだい》ヘルムートと出発する」

だが、なぜかセルマは何の反応も示さず、俺の顔を不思議そうに見つめるだけ。キス待ちか？　と舞い上がりかけたが、違っていた場合怒られるので念の為確認をする。

「どうした？」

「最近のテオ、なんだか聞き分けがよすぎじゃない？」

――キス待ちではないのか……。

セルマは顎に指を添え、眉間に皺を寄せていた。聞き分けって、子どもじゃあるまいし……と苦笑《くしょう》が漏れそうになるのを噛み殺す。

そうか？　と首を傾《かし》げると、そうよ、とセルマが距離を詰めてきた。腕が届く距離なのだが、キスはダメでも抱きしめるくらいは許されるだろうか。

「以前のテオならもっと根掘《ねほ》り葉掘り質問攻《ぜ》めにしなかった？　どうしてそんなところに行かせるんだとか、何の意味があるんだとか、何を考えているんだとか……」

「これが俺なりの結論だ。前にも言ったが俺はセルマの一番の理解者になりたいし、頼られたい。だからセルマの求めるように動くことにした」

真の意味でセルマを聖女だと認識してからの俺は、彼女のそばで最も役に立つ男になりたいと思うようになった。だが、最初の頃は空回りがひどく、セルマの足を引っ張るどころか彼女を失望させたりもした。

そして俺は学んだ。セルマが頼ってくれる限り、俺は彼女の言葉を信じ、手となり足となり動くのが、彼女にとって最善なのだということを。

セルマが頭脳。俺が手足。我ながら、最高の役割分担だと自負している。

「私の求めるように動く……。テオはそれでいいの？」

何を言っているんだこいつ、と、珍獣《ちんじゅう》でも見るような視線をセルマが俺に寄越《よこ》している。だが、珍獣扱いされたとしても、俺はセルマのことが好きだ。むしろ光栄だ。珍獣で結構、セルマの中で奇特《きとく》な存在になれたということだ。

「もちろん。聖女なのに、俺の考えが読めないのか？」

セルマが気まずそうに目を逸らす。

「……読めないことはないわよ。読める。ただ、少し戸惑っているだけ」

意外な返答にふうん、と思いながら、俺なりにセルマを揺さぶってみる。

「戸惑うのは、俺の存在が君の中で大きくなっているからだろうな。悪魔祓いのパートナーとしても、人生のパートナーとしても」

「じ……ん……っ‼」

これが図星というやつだろうか。俺にも読み取れるくらい、セルマは猛烈《もうれつ》に動揺した。

頬がぐんぐん赤くなり、すぐに真っ赤に染まる。元が白いから違いがよくわかる。

──俺のことを意識しているセルマ……かわいいな。たまらん。好きだ。

「安心しろ、真っ赤なセルマもかわいくて好きだ」

「や、やめてよそういうの！」

「ならば代わりに抱きしめても？　キスでもいいが」

「どっちもダメ！」

こういう必死さが俺をますます上機嫌《じょうきげん》にさせることを、セルマはきっと知らないのだろう。

……と、幸せな回想に浸《ひた》っていた俺を、ナジが現実に引き戻す。

「テオフィルス殿下、もうじき到着しますから、お心の準備を。ガイラルト邸の執事《しつじ》には私から話をいたします。街道の件で先方と手紙を交わしたことがございますので」

「頼む、ナジ」

彼は一年前まで俺の側近をしていた男で、俺がナミヤ教に入信して以降はミハイとともに兄上につき従っている。

今回、ヘルムートと俺の二人でコルチリーへ向かおうとしていたところを、自分がいた方が話が早いからと同行を申し出てくれたのだ。セルマも兄上も連れていけと言うし、そのまま三人で向かうことになった。

ガイラルト邸のドアノッカーを鳴らししばらく待っていると、執事がやってきた。

彼のことは覚えている。十八の初夏、天候のせいで旅程が崩れ、父とともにガイラルト邸で一晩世話になったことがあった。その時に快く対応してくれた使用人だ。

あれから六年が経過し、当時の面影《おもかげ》はあるものの、白髪《しらが》が増え顔は窶《やつ》れ、十か二十は年を増したように見える。そして悪魔憑きではない。

「わたくしはナジ・ムックフィース。ティグニス国王陛下の側近を務めている者です。

「……以前に書面を交わしたことがございますが、覚えておいでですか？」

「ナジさま……ええ、覚えております」

「ああよかった。そしてこちらはテオフィルス王弟殿下にございます」

目玉が落ちそうなほど目を丸くして、執事が俺のことを見た。

「これはこれは、ずいぶんと精悍《せいかん》になられて……！　しかしまた、こんな早朝に一体どんなご用事で？」

「ガイラルト夫人に急遽《きゅうきょ》お目通り願いたく参った次第でございます」

ナジがそう告げると、俺でもわかるくらい執事が取り乱し始めた。

「いけません！　早く立ち去りなさいませ!!」

小声ながら激しい剣幕《けんまく》で執事が我々に忠告した。思わず俺はナジと顔を見合わせる。

「執事殿《どの》？　約束もなく、こんな早朝に押しかけたことは謝罪いたします。ですが――」

「奥さまを部屋から連れ出すことはできかねます。ご了承《りょうしょう》くださいませ」

夫人は体が弱かった。病状が思わしくないのだろうか。

「ほんの少し、お顔を拝見するだけで結構です。ここに呼んでくださらなくとも、我々が部屋まで伺ってもいい」

ところが執事は譲らない。

「とんでもない！　我々使用人でさえ、限られた者しか奥さまの部屋へは入らぬようにしていますのに……どうかご理解くださいませ、これがあなたさま方のためなのです！」

強い拒絶《きょぜつ》だが、敵意とはまた違う。ナジと再び顔を見合わせる。

「何があったのです？　重い感染症《かんせんしょう》にでもかかっておられるのですか？」

「違います。奥さまは寝込《ねこ》んでおられますが、虚弱《きょじゃく》なだけで病気ではございません。そうではなく……イェリンさまが」

「イェリン？」

ナジが聞き返すと、執事は神妙《しんみょう》に頷いた。

「イェリンさまのお力により、我々は予言を授かりました。掻い摘むと使用人全員、不幸になるという予言です。どれもこれも原因は奥さまにあり、奥さまの発する澱《よど》んだ気が周囲の者に災《わざわ》いをもたらすのだと」

「だから彼女を閉じ込めておくのですか？」

「その通りでございます。奥さまに関わった者には災いが降りかかるのだと、イェリンさまはおっしゃいました。もしも奥さまが逃げ出そうとするのなら、殺してでも止めなくては、災いが外に漏れ、コルチリーは死の街になるとも。だから我々はこうして――」

「それはイェリンの虚言《きょげん》だ。悪いが勝手に入らせてもらう」

イェリンの作った設定を悠長に聞いていられるほどの猶予《ゆうよ》はない。執事の横をすり抜け、俺は屋敷の玄関をくぐった。

六年前に一度訪れただけの屋敷。近くの扉から手当《てあ》たり次第開けていく。中に人がいたなら、悪魔憑きかどうかの確認もしながら。

そして、二階の奥まった部屋の扉を開けた時、俺たちはついに見つける。

「だ、誰……？」

部屋の中、ぽつんと置いてあるベッドには、見覚えのある中年女性が横たわっていた。

俺に気づき体を起こしたが……ひとまず、悪魔憑きではない。

「そなたがガイラルト夫人か？　俺はテオフィルス・アンヘル・オルサーク。突然部屋に入って驚かれたことだろう。まずはお詫《わ》び申し上げる」

「テオフィル……王弟殿下ですか⁉」

ヘルムートが押さえる扉の向こうでは、早く出よ、災いが……と俺たちに向かって執事が喚《わめ》いている。夫人の耳にも声が届き、目に涙《なみだ》を溜《た》めた彼女が訴える。

「殿下、執事の言葉を信じないでください。あれは嘘です、わたくしは何もしていません！　聖女として人々に予言を授けていた娘が、ある日突然わたくしを──」

「わかっている。だからこうして保護しに来た」

夫人の無事は確認できたが、このまま屋敷に置いていてはイェリンに洗脳された使用人たちによって何をされるかわからない。

「殿下、この近くに王立の診療所《しんりょうじょ》があります。取り急ぎ、そこで夫人を保護しましょう。

警備隊も配置できますし、ここよりはるかに安全です」

「わかった。だがその前にやることが残っている。それまでヘルムートは夫人のそばに」

俺とナジが部屋を出ると、待ち構えていた執事が叫《さけ》ぶ。

「殿下！　ナジさま！　考えをお改めください！　イェリンさまの予言は絶対で——」

「よくお聞きなさい。テオフィルス殿下は王弟であると同時に、ナミヤ教団聖女付き輔祭《ほさい》であらせられる。我々は聖女セルマさまの命により、ガイラルト夫人を保護しに参ったのですよ。……この意味がわかりますか？」

ナジを同伴《どうはん》してよかった。俺とヘルムートだけだったら、彼ほど口が回らなかった。

「ではナジさま、まさかイェリンさまの予言が間違っていると？」

「その通り。イェリンさまは聖女を騙っておられる。信じたくはないでしょうが」

「そんな……しかしイェリンさまは何人もの病気や死期を言い当てて——」

「ええ、存じております。趣味の悪い言葉で人を恐怖させると。まさに悪魔の所業です」

ナジの含みのある言い方に、執事がたじろいだ。イェリンは聖女より悪魔に近い。それを、彼も内心感じていたのかもしれない。

「テオフィルス殿下、まずは必要なものを見つけてしまいましょう。ここの者への説明は、また改めて」

「そうだな」

青白い顔で立ち尽くす執事はさて置き、イェリンの部屋を探り、続いて使用人を集めさせ全員の顔を確認した。悪魔憑きはいなかった。

使用人への説明と夫人の保護をナジに任せ、俺とヘルムートは一足先に王都へと馬を走らせた。

俺たちは急ぎに急ぎ、日付けが変わる前に王都へと帰還《きかん》した。各地に国が置いていた替え馬を活用し、往復にかかった時間は二十時間。

何事もなければ、セルマも舞踏会を終え王宮に戻っているはずだ。……何事もなければ。

セルマの見立てではイェリンの背後に悪魔がいるとのことだが、コルチリーの屋敷に悪魔憑きはいなかった。ではどこにいる？　と考えると、嫌な予感がしてたまらない。

舞踏会で悪魔と出くわすことはないだろう、とセルマは言っていたものの、不測の事態だってありうる。

――俺の役割は、セルマの手足となって動くこと。考えることではない。……コルチリーへ発つ前に、自分からセルマに宣言したことだろうが！

自分に活《かつ》を入れたものの、一度抱いてしまった不安はひとりでに消え失せてはくれない。

早くセルマの顔が見たい。「なかなか早かったじゃない」と言って、俺を労《ねぎら》ってほしい。

「ただいま戻った！　セルマは？」

「おかえりなさいませテオフィルス殿下。セルマさまとラーシュさまは、まだ舞踏会からお戻りになっていません」

「……まだ？」

事情知ったる使用人の返答に俺の心臓は騒ぎ始め、みるみるうちに不安が募《つの》る。

視線を感じ顔を上げると、ヘルムートと目が合った。

「ガイラルト邸へ向かいますか？　自分は動けます」

「……行こう」

セルマは人の心が読めるし、自ら危険に飛び込んでいく性格ではない。だが、彼女はとても優《やさ》しいから、誰かを守るためならば己のことは二の次にしがちなところがある。

そういうところだぞ！　と彼女を責めたい気持ちと、だからこそ惚《ほ》れてしまったんだよなあ、という諦めに近い気持ちが交差する。

――どっちにしろ、確かめに行かねば何もわからない。

壁掛《かべか》けの燭台がぼんやりと照らしている廊下を、ヘルムートと早足で進む。練兵場に面した通路を歩いていると、兄上と側近のミハイに遭遇《そうぐう》した。

「おや、テオフィルス。コルチリーから戻ったのか。そんなに急いでどこへ？」

「セルマがまだ帰っていません。胸騒《むなさわ》ぎがするので会場まで迎えに行くことにしました」

手短に告げると、兄上が眉をピクリと動かした。兄上は、俺がセルマを想っていることをよく思っていない。だから俺のこの急いた気持ちが伝わらない。

「落ち着けテオフィルス、単に神官と二人でよろしくやっているだけかもしれぬぞ？　聖職者同士、とても似合いではないか。お前が行っても二人の邪魔になるだけでは？」

「兄上……」

「あの二人にしてみたら、お前は後から割り込んできた邪魔者だろう？　長年神殿で暮らし、日々言葉を交わしてきた神官と――」

「兄上！」

それ以上言わないでくれ、と俺は強めに制止した。セルマの安否がわからない不安、彼女のそばにいるのが俺以外の男だという嫉妬《しっと》。嫌な感情が溢れそうになるが、深呼吸をして蓋《ふた》をして、収拾《しゅうしゅう》がつかなくなるのを防ぐ。

「あの二人に限ってあり得ません」

「聖女がお前に惚れているようにも見えなかったぞ？」

「そうだとしても、俺が退《ひ》く理由にはなりません。これから先、セルマに惚れて貰《もら》えばいい話です」

俺はハッとして、話が脱線《だっせん》していることに気づく。今はそんな場合ではなかった。

「この話は後ほど。問題なのは、セルマがいまだガイラルト邸にいるということです。身の危険が差し迫っていることも十分に考えられます。だから急いでいるのです！」

失礼します、と兄上の横を通り過ぎようとしたところ、再びおっとりした声がかかる。

「まあ待てテオフィルス」

「なんですか、いくら引き止められようとも――」

「そんな勇み足で向かったところで、相手の方が一枚上手かもしれぬぞ。聖女はもう帰った、などと白《しら》を切られたらどうする？」

「それは……」

反論ができない。ではどうしろというのだ、と八つ当たりが出かかった。

兄上は俺の気迫《きはく》を見て、やれやれ、とでも言うようにため息を吐く。

「巨大《きょだい》なオオカミが王都をうろついているのだろう？　いざという時すぐに討伐《とうばつ》できるよう、私の部下を連れていけ。念には念を入れろ。……この意味がわかるか？」

隣に控えていたミハイに兄上が目配せをすると、彼がパンと手を叩いた。その音を合図に騎士《きし》が数名現れた。

近衛《このえ》騎士隊副隊長を筆頭に、俺も手合わせしたことのある優秀《ゆうしゅう》な騎士が揃っている。

「兄上……感謝します！」

兄上には頼ってばかりで、自分が頼られることはまずない。それが辛く、功を焦って教団に乗り込みミイラ取りがミイラになったりと、俺は醜態《しゅうたい》を晒し続けてきた。

だが、挽回云々《ばんかいうんぬん》よりもまずはセルマを取り戻す。ほかは一旦《いったん》後回しだ。

俺はヘルムートと近衛騎士らを引き連れて、ガイラルト邸へ向け馬を走らせた。

深夜というのもあって、屋敷はすでに静まり返っていた。舞踏会はとっくの昔に終わったようだ。

この様子なら出席者は誰も残っていない。だから余計、セルマが帰ってこないことが不自然だ。

通りに面している窓は全てカーテンで覆われ、隙間《すきま》から明かりが漏れているものの、中の様子までは窺《うかが》えない。玄関扉のドアノッカーを鳴らし、しばらく待つ。が、誰かが来る気配はない。何度鳴らしてもそれは変わらず、焦りと苛立ちに襲われる。

意を決し、俺は仲間を振り返った。

「悠長に待っていられない。他に入れる場所がないか確認してくる。お前たちはここで待て。異常を感知した場合、あるいは十分待っても俺が戻ってこない場合は、扉を破って突入《とつにゅう》しろ」

「承知しました」

本来ここは部下に行かせるところだが、居ても立ってもいられないので自ら動くことにした。音を立てないよう静かに屋敷をぐるりと回ってみるが、どこからも中の様子は窺えない。だが、見上げた時、二階の窓ガラスが一か所だけ割れているのを見つけた。

ふと思い出したのは、およそ三ヶ月前、セルマが悪魔ファリエルに襲《おそ》われた時のこと。彼女は助けを呼ぶため窓を割り、それを見て俺は異変に気づいた。

——まさかとは思うが……セルマ……。

漆喰《しっくい》を塗《ぬ》られた外壁《がいへき》には等間隔で柱が立ち並び、煉瓦《れんが》を積んだような彫りが入っている。その窪《くぼ》みを足がかりにすれば、簡単に登れそうだ。

「……よし」

正面突破を待っていたら、セルマがどうなるかわからない。そこで俺は蜘蛛《くも》のように壁を登り、割れた窓から屋敷の中へ侵入を試みた。

「なんだこの部屋、どうしたんだ？」

外からは、カーテンが風になびいているのが見えていたが、室内はそれ以上にひどかった。ソファが破れ、花瓶《かびん》が割れ、壁には何かの液体をぶっかけたような跡《あと》が残っている。

これは人間の仕業だ。悪魔が暴れたならもっと酷《ひど》い惨状《さんじょう》になっていたはずで、窓ガラスが割れるどころか扉や壁が壊《こわ》されていても不思議ではないからだ。

ふと、話し声が聞こえた。扉が少し開いていたため、屋敷内の声が漏れ入ってきた。扉の隙間に耳を近づけるが、どうもこの階ではないようだ。音を立てないようにして部屋を出て、階段に近づくにつれ、その声が次第にはっきりとしてくる。

「──としたら、サロさまではなく父を切るわ。もっとも、最初に誰かを斬るとしたら……まず間違いなくセルマね」

これはいけない、と悟《さと》り、俺は慌てて階段を駆け下りる。廊下の先に人だかりが見え、その中にセルマの姿、首に剣を当てられて両手を上げたラーシュを確認する。

そして何よりラーシュを拘束する人間の顔が、見事に歪んでいた。

──あの男が悪魔憑きか！

イェリンが父親に近寄り、腰の剣を奪う。

「さよなら、セルマ」

セルマめがけて剣が振り下ろされる中、俺は無我夢中《むがむちゅう》で手を伸ばした。

「セルマ……──っ」

5

聖なる力を持たないくせに聖女を自称《じしょう》し余裕かましてここまで生きてきた私でも、反省することはある。テオとの関係、ラーシュとの関係、アピオンさまとのこともそうだ。

ついでに今現在も、絶賛反省中だったりする。

イェリンの攻撃性《こうげきせい》を、私は甘く見積もっていた。いくら悪魔と協力関係にあるとはいえ、誰かに刃《やいば》を向けるような人間ではないと。

刃はすでに私の頭上。この距離では、避けられたとしても無傷では済まされない。

万事休すかと思われたその時、視界の端《はし》で何かが動くのが見えた。それが何かと理解する前に強い力に体の自由を奪われた。圧迫され、目も塞がれ、上下すら見失う。

ああ、と私は悟った。この衝撃《しょうげき》は突き飛ばされたものじゃない。拘束されたのでもない。イェリンの凶刃《きょうじん》から、私を守ろうとしたが故《ゆえ》のものなのだと。そして、そんなことをするのは——。

——テオが、助けに来てくれた……？

抱きしめられたまま、なすすべもなく二人絡《から》まり合うように床の上をゴロゴロと転がった。テオが私に覆いかぶさった状態で止まる。私の視界の大部分をテオの肩が遮って、金色の髪の向こうにほんの少しだけ天井が見えた。

彼が来てくれなかったら危なかった。あのまま、冥府《めいふ》の門をくぐっていたかもしれない。

「テオ、いたた、ちょっと退《ど》いてくれる？」

「う……」

テオの体の下から這《は》い出《で》ようとしたけれど、鍛えている成人男性の体は想像以上に重く、動くに動けない。

「助けに来てくれたことはありがとう。とてもありがとう。でも、早めに退いてもらえると――」

背中をぽんぽん、と叩くが、指先に思わぬ湿《しめ》り気《け》を感じた。

とてつもなく嫌な予感がして、自分に見える位置にその手を翳《かざ》した。逆光の中、私の指の腹を染める赤い色が目に入る。

顔から血の気が引いていく。ゾッとして、身体《からだ》中の毛が逆立った。

――テオが斬られた？　私の代わりに……!?

「テオ、テオっ!?　ねえ、返事をして！　大丈夫？　生きてる――」

彼がはあ、とため息を吐いた。床に手をつき、体を起こす。

「……セルマ……無事か？」

「テオ、あなた背中から血が！　動かない方がいいわ」

剣を振り下ろしたのはイェリンだ。しかし彼女を暴走させたのは私。テオの怪我は、私に責がある……。

「ごめん、テオごめんなさい！　私のために、こんな……！」

「大した傷じゃない。軽く当たっただけだ。セルマも、それだけ騒げるなら元気……その顔の傷、どうした!?　誰かに殴られでもしたのか!?」

「これこそ大した怪我じゃないわ。全然後回しでいい」

テオの額には汗が滲んでいた。思い当たる節はいくつもある。馬車で片道二日かかる距離を一日で往復しろと言ったたし、疲《つか》れているだろうに助けに来させてしまったし。

私が彼に強いた苦労の大きさを思うと、感謝どころの騒ぎではない。

ゆっくり立ち上がったテオは、庇うように私を己の背に隠す。

「セルマも俺も無傷で済めば、もう少し格好がついたのにな。俺がそばにいてやれば、セルマの顔も無事だった」

振り返り、心配させまいとなんでもない風を装うテオの笑顔が痛々しい。

「そんなことない、十分よ。私を助けに来てくれて、こんな……負わなくていい怪我まで負って」

「いいや、負う必要はあった。大切な君を守るための代償《だいしょう》だ」

私の目の前には、テオの背中。マントが黒いからよくわからないけれど、一筋裂《さ》けたあたりにはベットリと暗色の液体——血——が付いていた。

「なあ、イエリン？」

テオが突如《とつじょ》呼びかけたので、イェリンが肩をびくつかせ剣を放り投げるように手放した。

広い廊下に金属音が響く。

「ち、違うの、こんなこと……テオフィルス殿下を傷つけるつもりなんて……っ！　違う、セルマのせいよ！　殿下、その女は詐欺師です！　目をお覚ましくださいませ！」

「では本物の聖女はどこにいる？　まさかそなたが聖女だとでも言い出すのではないだろうな？　他人に斬りかかるようなそなたが」

「それは……わたくしは――」

イェリンは言い訳をしようとしたが、その声を遮るほどの轟音《ごうおん》に屋敷が揺れた。音の出所は入り口の方で、じきに鎧をガチャガチャ鳴らし、陛下直属の近衛騎士が現れた。ヘルムートもいる。

「テオフィルス殿下、ご無事ですか？　全員、両手を上げて床に伏せろ！」

鎧《よろい》による武装、手には剣、そして武人特有の圧。信者たちはすでにイェリンを見限っていたため、言われた通りあっさり床に腹這《はらば》いになった。

ラーシュを拘束していたサロも大人しく床に伏せた。私は彼に注意しつつ、イェリンとガイラルト卿を窺う。

「テオフィルス殿下、コルチリーへ向かわれたと伺いましたが、妻は……？」

ガイラルト卿が心配そうに尋ねた。

「無事だ。同行した陛下の側近が現地に残り、夫人を安全な場所に保護している」

「そうですか……ありがとうございます」

はああ、と震える息を吐き出して、ガイラルト卿は目に涙を溜め膝《ひざ》をついた。そして彼なりの決意とともに顔を上げる。

「セルマさま、そこにいるサロ・パルヴァには悪魔が宿っています。全ての元凶《げんきょう》はその男だ。そいつがイェリンを唆し、我ら家族を苦しめたんだ！」

彼の告白にテオを見ると、目が合い、小さく私に頷いた。

――やはり悪魔憑きってことね。できればテオの怪我が治ってからにしたかったけれど、もはや先延ばしにはできない……。

「ガイラルト卿、今から悪魔祓いをいたします。テオも、準備はいいですね？」

「もちろんだ」

力強いテオの言葉に頷きを返し、私はすうっと息を吸い込む。

「女神ヲウルはおっしゃった。我は天へ、闇の眷属《けんぞく》は根の国へ。我らが間は人の世とし、永遠に見守り育もうと――」

私が悪魔祓いを宣言しても、イェリンと同様サロに動じる様子はなかった。しかし口上を始めた途端、血相を変え逃げようとしてヘルムートに押さえつけられた。

「待て待て待て、どういうことだイェリン⁉　やめろ、その呪文は耳障《みみざわ》りだ！」

突然暴れ始めたサロ。私が口上をやめないので、顔を歪《ゆが》ませさらにもがく。

「おい……クソッ、本物じゃねーか！　イェリン、お前がセルマは偽者だって言ったから、俺様は……っ痛い、やめろ！　……昨日だってせっかく俺様がひと肌脱いでやったのに、下らねえ失敗しやがって！　なあイェリン！　無視してんじゃねーよ！」

イェリンに悪態《あくたい》をつき、己を拘束するヘルムートに怒り、私にもやめろと言い……。

「……違うわ、セルマは偽者よ。そうじゃなきゃおかしい。こんな不道徳《ふどうとく》な女が――」

イェリンが呟いたが、口上は終盤を迎えていた。私はサロのそばに膝《ひざ》をつく。

「――女神ヲウルより委譲《いじょう》された聖なる力を行使し、お前をこの世から追放する。勇気を知れ。怖《こわ》さを知れ。万象《ばんしょう》を肯定《こうてい》する我らに幸《さち》あれ」

サロの肩を叩くと同時に、彼のうなじから黒い霧《きり》が噴《ふ》き出した。

「悪魔が現れます、危険ですから離れてください！」

ラーシュの警告に騎士らが従う。床に伏せさせていた者を立たせ、距離を取らせる。

「おかしいわ、セルマが本物なわけない。本物だったら昨日のうちにサロさまを祓っていたはずよ……」

騎士に腕を引かれながら、イェリンが愕然《がくぜん》と呟いた。

それは単に、目の前の悪魔を倒すことより状況把握を優先したまで。最終的にこうして油断を誘えたことだし、最良の選択だったと自負している。

ここで私の出番は終わりだ。

「テオ、今の状態のあなたに頼むのは酷《こく》だとは思うけれど……あなたにしか託せない」

「望むところだ」

私の目の前でテオが膝を折った。顔を上げ、私を待っている。

「テオフィルス・アンヘル・オルサーク。あなたに聖なる力を授けます。あなたにも女神の祝福を」

肩に手をかけ、上体を屈《かが》めた。テオの眼差しがあまりにも優しいので、不覚にも涙腺《るいせん》が緩みかけた。慌ててグッと力を入れ堪《こら》える。

――どうかこれ以上、テオが傷つきませんように。無事でいられますように。

唇が重なる瞬間、目を閉じ女神に祈りを捧《ささ》げた。私の願いが彼女に届くかはわからない。でも、大切な人の無事を願わずにはいられなかった。

祝福の接吻《せっぷん》を終えると、テオが嬉しそうに笑った。

「これで俺に聖なる力が渡ったな。ありがとう、セルマ」

――こっちこそ。私の演技に乗ってくれて、悪魔退治を手伝ってくれて、私の方が感謝しているのに。

テオが立ち上がり、剣の鞘《さや》に手をかける。

「そろそろ悪魔が動き出す。ラーシュ、セルマを頼むぞ」

「承知しました」

黒い霧が固まり、姿を現したのはいつか見た四本脚の獣《けもの》の悪魔。巨大な体躯《たいく》を誇り、頭には大小さまざまな目玉が無数についている。

あの舞踏会の日、これを「オオカミ」だと言って人々に信じ込ませることができたのは、明かりが消えていたからできた芸当だ。イェリンにしてみれば人々の恐怖を煽るためにわざと明かりを消したのだろうが、私に有利に働いたのは幸運だったと言う他ない。

「こ……これは、先日の舞踏会で現れた悪魔ではありませんか！　そうか、この悪魔がイェリンさまに指示を送っていたのか‼」

ラーシュが叫んだ。私はその時のイェリンの反応を見逃《みのが》さなかった。

「こんなところで殺されてたまるか！　最悪だ、どいつもこいつも呪ってやる！」

悪魔が姿勢を低くして、テオに向かって吠えている。対するテオも悪魔に向かい、柄《つか》を握る手に力を込《こ》める。

「女神ヲウルの御名《みな》において、お前を浄化《じょうか》する」

鞘から引き抜いた刀身が光り、そこら一帯が深夜とは思えないほどのまばゆい光に包まれた。悪魔は怯《ひる》み、その隙を逃《のが》さずテオが踏み込み首を斬り落とす。

「嫌だ、どうして俺様が……こんなことなら好き勝手遊んでおけばよかっ――」

形を失い、やがて灰となる悪魔。

「イェリン、わかっただろう？　セルマは正真正銘《しょうめい》本物の聖女だ。そなたでは絶対に成り代われない、唯一無二《ゆいいつむに》の聖女」

テオに事実を突き付けられ、イェリンは悔しそうに目を逸らす。

「ひとまず、これで一件落着か」

　ふう、と一息ついたあと、テオが口の端を上げる。

「それにしても、まさかセルマの読みが外れるなんてな。悪魔がそう簡単に姿を現すとは思えない……んじゃなかったのか？」

　積もった灰を眺めながら、私が以前言ったことを揶揄《からか》っているようだ。

「そうね。狡猾な悪魔なら、私の前に姿を現したりしない。その考えは今も正しいと思っているわ」

「……今も？　それは、どういう……？」

　読みの全てが当たったわけではなかったけれど、全て外れたわけでもない。新たに気づいたこともある。でも、これからのことを話すよりも傷の手当てが先決だ。

「まずは王宮に戻りましょう。テオ、本当にお疲れ様。……ありがとう」

　労いを込めて微笑みはしたが、彼の怪我のことを思うと胸が張り裂けそうだった。

4章 羞恥心に打ち勝つには

1

イエリンらをテオが連れてきた騎士《きし》とヘルムートに任せ、私たちは王宮へと戻《もど》った。ラーシュはエトルスクスさまに報告の手紙を書くため自室に籠《こ》もり、私は自分の顔の手当てのあと、テオの手当てに同席した。

テオ本人が言っていた通り、彼の背中の傷は縫《ぬ》うほどの大怪我ではなかった。でも、左の肩甲骨《けんこうこつ》を真っ二つにするように入った長く赤い線は、見るからに痛そうでいたたまれなかった。

「だから大丈夫《だいじょうぶ》だ、平気だって言っただろ？」

「大丈夫じゃないわよ、これは立派な怪我よ！　私を守って……こんな……！」

「セルマだって怪我してる。俺からしたらそっちの方が一大事なんだが？」

「でも……！」

消毒をして、軟膏《なんこう》を塗《ぬ》った。包帯は私が巻くからと言って、お医者さまには帰ってもらった。ガーゼが動かないように、腕《うで》の下に手を回して胴《どう》に包帯を巻き付けていく。小柄《こがら》な私がするには、テオの体は大きすぎてやりにくい。

「まあ、セルマの慌《あわ》てたところが見られたのはよかったな。あんな姿珍《めずら》しすぎて、そういう意味では得をした、とも言えるか？」

「ばか言わないで」

包帯の端《はし》と端を結び、はい終わり、とテオに告げる。

「ありがとう。手当てをしてもらうのも、役得だな」

「……………」

──呑気《のんき》なんだから。

立ち上がり、私に背を向けテオが新しいシャツを羽織る。さっきまで着ていたものは、破れた上に血で汚《よご》れてしまっていたから廃棄《はいき》だ。

テオを観察する限り、平気だと言っている割りには腕の可動域が少し狭《せば》まっているようだ。当然だけど、痛いことは痛いのだろう。

致命傷《ちめいしょう》に比べれば、軽傷の部類だとは思う。でも、自分のせいでまた誰《だれ》かが、よりにもよってテオが負傷してしまった。それが辛《つら》くてたまらない。

今回の怪我がもしも深い怪我だったとしたら。またこういうことが起きて、次こそ軽い怪我ではすまないなんてことがあったら。

考えれば考えるだけいてもたってもいられなくなって、私はテオに近寄った。ボタンをとめているテオの背中に手を当てると、彼の体温が伝わってくる。

「……セルマ？」

きっともっと、うまく立ち回れたはずだ。私にならできた。なのに、失敗した。テオに怪我をさせてしまった。

私のせいだ。自分が許せない。後悔《こうかい》してもしきれない。テオに申し訳が立たない。悔恨《かいこん》ゆえかもっとテオに触《ふ》れたくなって、傷口を避《さ》け、広い背中に額をつけた。

「お願いだから、命をもっと大切にして。あなたに何かあったら、私……っ」

声が震《ふる》えた。込《こ》み上《あ》げてくるものが抑《おさ》えられない。

――私、どうにかなりそう。すでに今の時点で、いつも通りじゃいられない。

「セ、セルマ？　まさか……泣いているのか？」

「泣いてないわよ！」

涙《なみだ》なんかすぐ引っ込む。だからもう少し、このままでいさせて。――というのはきっと言わなきゃ伝わらないことだと、わかってはいるけれども。

「ちょっと顔を見せ……ほら、やっぱり泣いてるじゃないか」

テオがくるりと反転したので、心の準備も取《と》り繕《つくろ》うこともできないまま、べそをかいた顔を見られた。

涙を拭《ぬぐ》い、私の顔を覗《のぞ》き込もうとするテオを拒《こば》む。

「泣いてない！　うるさい！　ばか！　テオのあほ！」

「えっ」

「泣いてないってば！　何回言えばわかるのよ、ばか！」

こんなに取り乱した姿、今まで誰にも見られたことなどない。そもそも、こんなに取り乱すことがこれまでになかった。

「わ、わかったわかった、泣いてないよな。セルマは泣いてない、強いよな～」

やけくそでテオに八つ当たりをすると、その剣幕《けんまく》と珍しい事態に驚《おどろ》いてか、テオが話を合わせてくれた。

「わかればいいのよ……」

洟《はな》を啜《すす》りながら再度涙を拭おうとしたら、テオの手にやんわり止められた。左手で遮《さえぎ》って、右手の指で私の目元を優《やさ》しく拭ってくれる。

――モロバレじゃないの。もうやだ、どうやってもごまかせない……。

私が抵抗《ていこう》しなかったからか、テオが一歩踏《ふ》み込んできたので、距離《きょり》が再び縮まった。

私は拒まなかった。恐《おそ》る恐《おそ》る背中に手が回されても、黙《だま》って私は受け入れた。

「傷、痛くない？」

抱《だ》きしめられ、私の額がテオの胸に当たった。シャツ越《ご》しに感じる温《ぬく》もりが苦しい。苦しくて辛くて、温かくて嬉《うれ》しい。

「大丈夫だよ。本当に」

心配性《しょう》だな、とテオが笑う。

――ああ、もう。犬でしょ、ワンちゃんでしょ？どうしてあんな危機一髪《ききいっぱつ》のところでうまいこと助けに来てくれるのよ。どうせ来るなら、無傷で私を助けなさいよ。頼《たの》もしいし、かっこいいし、抜《ぬ》けたところも魅力《みりょく》に感じる。そういう諸々《もろもろ》を認めたら……――この人からもう離《はな》れられなくなってしまう。

「女神《めがみ》から力を授《さず》かった時、俺は女神に頼まれたんだ、『セルマを守ってくれ』と。もちろん、女神に言われたから守るんじゃない。俺がこうしたいからする、というのが一番だが。だから俺はセルマを守るため、死なない。生きていなきゃ君を守れないだろ？」

「いや女神とか言われても。知らないし」

また鼻の奥がツンとして、目にじわじわと涙が滲《にじ》んだ。でも、テオの胸に顔を押し付けていれば、彼に見られることもない。だから私は動かなかった。

「俺はやめないからな」

「……え？」

「優しい優しいセルマのことだから、俺の怪我を見て恐れをなしているのだろう？　自分のせいで周りの何かが失われることがあったら……と」

「そんなこと、お……思って、ない、わけじゃ……ないっていうか……」

「俺はセルマに心配されるほど弱くない。だから、安心して俺に寄りかかるといい」

呼吸音や心臓の鼓動《こどう》すら感じ取れるほど私たちの距離は近く、頭上から降りそそぐ声は私の脳に直接響《ひび》いた。その影響《えいきょう》か、生命活動に支障をきたしそうなほど心臓が激しく暴れている。

「俺が頼《たよ》りない？」

「そんなことない」

「頼りないとしても、頑張《がんば》るよ。セルマに全幅《ぜんぷく》の信頼《しんらい》を置いてもらえるよう、一生を賭《と》して尽力《じんりょく》する」

こんなにくっついていたら、もしかしたら私の胸の高鳴りもテオに伝わってしまうかもしれない。離れた方がいいのかも、とは思うものの、そうしたらまた泣き顔を見られてしまう。

離れても、このままでも、どっちにしろ私には不利な状況《じょうきょう》。不利というか……そうやって離れられない理由を積み上げているだけで、実のところ私は、自分がテオとこうしていたいだけなのだ。

不意にテオが私から離れ、目の前で片膝《かたひざ》をついた。私の手を取り、ニッと笑う。

「そういうわけで、一生セルマを守るためにはやはり夫になった方が手っ取り早いと思うんだ。だからセルマ、俺と結婚《けっこん》してほしい」

真剣《しんけん》な眼差《まなざ》しが私を見上げている。まず、この体勢からして本気だ。雑談のついでに冗談《じょうだん》めかして言うものとは異なる、真摯《しんし》なプロポーズ。

——テオったら「結婚」の意味、ちゃんとわかっているのかしら？　でも……。

ズビ、と洟を啜り上げた。私の返答はすでに胸の中にある。

「お受けします」

「セルマが俺をどう思っていようが、自分の気持ちはしっかり示しておく必要がある、と思ったんだ。軽い気持ちではなく、心の底から本気なのだと知ってもらうために」

——あっこいつ、私が断ると思っていたな？　返事を聞いちゃいない……。

テオの無駄《むだ》な演説に、ちょっとだけ頭が冷えた。

「うん、だからお受けするって言ったでしょう？」

「…………？」

凛々しい顔が固まっている。思考停止状態。ゆっくり首を傾《かし》げるさまが、面白《おもしろ》くて噴《ふ》き出《だ》しかけた。

「だからね……テオフィルス・アンヘル・オルサークさま。わたくしセルマは、あなたさまの求婚《きゅうこん》を謹《つつし》んでお受けいたします」

これだけ丁寧《ていねい》に言えば、さすがのテオもわかってくれるだろうか。思いのほか、恥《は》ずかしさは感じない。自分でも意外だ。

時間をかけ、かなり遅《おく》れてテオは理解してくれた。

「…………………………ええ？　……え？　えええ⁉」

にしても、遅《おそ》すぎる。今まで散々つれない態度を取り続けてきた私のせいだろうか。きっとそうだ。……ごめん。

「俺を騙《だま》そうとしている……？」

「いや、何でよ。今は騙してない、今は」

「……本気で？　セルマが？　あのセルマが？　俺と結婚すると言ったのか⁉」

「言ったわよ」

私たちが単なる「聖女と輔祭《ほさい》」でなくなったら、そこから先には諸々《もろもろ》の変化が待っている。テオは恋人《こいびと》になりたいだの結婚したいだのと言う割りに、その変化について深く考えた様子がなかった。私にはそこが引っかかっていたわけだけど、ようやくわかった。

テオが深く考えていないのは事実。しかしそれは浅慮《せんりょ》ということではなく、何があろうと乗《の》り越《こ》えるつもりでいるからだ。

そういえば、テオは以前から『考えることはセルマに任せるのが早い』と言っていたっけ。だとしても少しくらい考えてほしいとは思うけれど、私がテオのぶんも考えればいいかと諦《あきら》めがついてしまうくらい、私はテオが愛《いと》しいのだと自覚した。テオの行動により、自覚させられた。

気持ちを伝えきれないうちにテオと離れることになったら、私はきっと後悔する。離れたくない。テオが好きだし、もっとずっと一緒《いっしょ》にいたい。この気持ちと時間を、テオと共有したい。

そして、そういうことで頭がいっぱいになってしまうのは、理屈抜《りくつぬ》きにテオが好きな証拠《しょうこ》なのだ。

にもかかわらず私の羞恥心《しゅうちしん》と頑固《がんこ》さが、素直《すなお》になる邪魔《じゃま》をする。

「だってほら、王弟のあなたと一緒にいれば信者を増やすのも捗《はかど》るだろうし、取り入ろうとする輩《やから》とともに悪魔《あくま》も集まってきそうだし？　王族と縁《えん》続きになった方が、悪魔祓《あくまばら》いも捗《はかど》ると思ったのよね。あなたとの結婚は、教団にとって好都合なのよ」

――ばか！　私のばか！　どうしてそういう色気のない言葉しか出せないのっ‼

自分のひねくれっぷりにとことん嫌気《いやけ》が差す。さっきまで泣いていたのとはまた別の意味で泣きたくなってくる。

「い、嫌になった？　他の女性がするように私もあなたを利用しようとしていて」

……と、わざわざ言わなくてもいいことを、私の口がベラベラと並べ立てた。この期《ご》に及《およ》んでフフン、と余裕《よゆう》ぶって気取りながら。

結局のところ、私もその他大勢と大差ない。テオの持つ権力、テオの持つ地位を私だって欲しがっている。私だって、テオを利用しようとしている。

――というのは、本当のことといえばそうだ。でもそれよりもまずテオのことが好きなのだと、そう言うだけでいいのに、どうして私は言えないのっ‼

せっかく少し歩み寄れた気がしたのに、自ら爆速《ばくそく》で遠ざけてしまった。

自分への嫌悪感《けんおかん》を募《つの》らせていく私。絶対これは断られる。「思ってたんと違《ちが》う」と言われ、プロポーズの取り消しを喰《く》らう未来が私には見えた。

ところがテオは想像以上に穏《おだ》やかな表情をしたまま、笑いながら首を振《ふ》った。

「嫌になるものか。セルマが素直じゃないことは既《すで》に承知しているからな。そうやってかわいくないことを言うのも照《て》れ隠《かく》しだとわかるから、逆にかわいくてたまらん」

じっと見つめられ、私はうぐ、と唸《うな》った。顔がじんじん熱くなってくる。今が夜でよかった。ランプの明かりだけでよかった。そうでなければこの顔の赤さが全部テオに伝わってしまっていたはずだから。

たまらず私は目を背《そむ》けた。頭を冷やすため遠くにある扉《とびら》を見つめ、このタイミングで誰かが入ってきたら、どんな誤解を生むだろうか……などとどうでもいいことを考える。

しかし無駄だった。

「………私だって家族になってもいいくらい、テオを大切に想《おも》っているわ」

テオのことしか考えられない。今触れているのは指先だけだが、もしも触れる範囲《はんい》がもっと広くなり、布越しではなく肌《はだ》と肌の触れ合いになったらどうなるだろうかとか、いつかテオが私に幻滅《げんめつ》する瞬間《しゅんかん》が訪《おとず》れやしないだろうかとか、そんなことばかりが私の頭を支配していた。

煩悩《ぼんのう》。聖女なのに、頭の中が煩悩でいっぱいになっている。

――私が本物の聖女じゃないから？　女神お墨《すみ》付きの本物の聖女だったなら、煩悩なんて抱《かか》えずに済んだ？

が、それよりもやるせないのは、テオの反応がないことだ。ようやく気持ちを伝えられたのに、無反応なのはいただけない。

「何とか言ったら――うぶ」

不満に思って抗議《こうぎ》しようとしたところ、テオが立ち上がると同時に私をぎゅっと抱きしめた。

「っははは！　セルマ……かわいいな君は！」

「!?」

自分の胸に私の顔を押し付けるように、それはもう、テオの腕力《わんりょく》には容赦《ようしゃ》がない。このままでは窒息《ちっそく》するので、首を捻《ひね》って横を向いた。

ひとまず、テオが舞《ま》い上がりそうなほど喜んでいるみたいなのでよかった。テオの腕は力強く、私が全身脱力状態でも難なく支えてくれそうなほどだ。

「本当にいいんだな？　もう覆《くつがえ》せないからな？」

抱擁《ほうよう》の力が緩《ゆる》み、頭上からテオが私を覗き込む。いいのか？　と尋《たず》ねながらも、「やっぱりやめる」を許さない表情だ。もちろんそんなこと、この期に及んで言わないけれど。

「いいわ。色々と悩《なや》んだけど、これはもう足掻《あが》いても無駄なことなのよ。その代わり私はあなたを利用するから、せいぜい覚悟しておくことね」

――……ああっ、またやってしまった！　絶望的にかわいくなれないな、私！

言ったそばから後悔《こうかい》に苦しむなんて、愚《おろ》か者《もの》にも程がある。ところがテオはそんな愚か者でさえ、見捨てることをしなかった。

「愛する者に必要とされることの、どこに覚悟がいるんだ？　幸せなだけだが？」

――さすが聖男《せいだん》……私のような紛《まが》い物《もの》とは違い、懐《ふところ》がとても深く温かくキュンとさせられる！

私の頬《ほお》をテオの両手が包み込む。さっきからずっと、目が合いっぱなしだ。興奮状態にあるのだろう、テオの瞳孔《どうこう》が開いている。……暗いからかもしれないけど。

心拍数《しんぱくすう》は……と計ろうとして、私はとうとう諦めた。自分の胸から聞こえてくるドキドキがうるさすぎて、他人のものなどちっともわからなかった。

この気持ちはなんだろう。嬉しいのか、緊張《きんちょう》なのか、愛なのか、全部なのか。

「セルマ、愛してる。俺を受け入れてくれてありがとう。これからもずっと、そばにいる」

鼻先がツンと当たった。最後の猶予《ゆうよ》だった。怖気付《おじけづ》くなら今が最後の機会だぞと、テオが私に逃《に》げ道《みち》を与《あた》えてくれているような。

でも、逃げるものか。

「絶対よ？　ちゃんとそばにいてよね？」

「ああ。誓《ちか》うよ」

好意を持って何かを見るとき、人間の瞳孔は開くのだという。その説が正しいのなら、私の瞳孔もバッチリ開いていることだろう。

テオの顔が近づいてきた。目を閉じたのと時を同じくして、私たちの唇《くちびる》が重なる。

唇なんて体の一部。皮膚《ひふ》の一部である。誰にでも一つずつ付いているもので、そう珍しいものじゃない。

それなのに、触れたテオの唇はこの上なく特別なものに感じられた。

この柔《やわ》らかさが私のためだけに存在していてほしくなって、どこからともなく独占欲《どくせんよく》が溢《あふ》れてきた。テオの胸に手を這《は》わせ、離れないように首の後ろでガッチリと摑《つか》む。

「テオ……っ」

――好き。大好き。

息継《いきつ》ぎの合間、愛しい名が吐息《といき》とともに漏《も》れた。無意識だったので言ったあとで猛烈《もうれつ》な恥ずかしさに襲《おそ》われたが、正直それどころではない。

特定のものを欲《ほ》しがるなんて、私の人生で初めての経験だ。もっと欲しい。テオが、テオという人間が欲しい。

ところが、私の思いとは裏腹に、私たちはすぐに離れてしまった。

——もう少し、キスしていてもいいのに。

湿《しめ》った唇を物欲《ものほ》しそうに見上げると、挑発《ちょうはつ》するようにテオが笑った。

「まだ足りないって顔に見えるな？」

「そ、そん……——」

そんなこと、思ってない。……こともない。むしろ思っている。ガンガンに思っている。

強がって反論しようとしたけれど、ナミヤ教の教義でもある「認めよ」という言葉がタイミングよく脳裏をよぎった。

——ここで思い出すなんて、女神ヲウルの天啓《てんけい》？　認めろ、素直になれと、女神が私におっしゃっている？

「…………だったら、何？」

相変わらずかわいく言えない。これが限界だが、かなり頑張った方だ。

テオが目を丸くして、それから表情がぱあぁと華《はな》やいでいく。口角がこの上ないほどに上がり、白い歯が覗く。笑《え》みを抑えられない様子だ。

「セルマ、わかってるからな。もっとキスがしたいってことも俺のことが好きで好きでたまらないってことも、いっそ俺の全てを独り占めしたいってことも」

「……！」

図星である。私は身構えた。だったら何だと言うのだと。笑うなら笑うがいい、と開き直る覚悟もした。

「安心しろ、そういうのは俺が全て汲《く》み取って補完するから。君はただ、受け入れてくればいい。受け入れるってことがすなわち、セルマの俺への愛だと理解している」

やっぱり私にはテオしかいない。こんなに面倒臭《めんどうくさ》い私を全て好意的に解釈《かいしゃく》してくれるのは、世界中のどこを探してもテオだけだ、とわからされてしまった。

「……わ、悪くないわね」

「はは、照れ屋め」

本日二度目、上機嫌《じょうきげん》なテオからキスがやってくる。今度のキスは優しくて、うっとりしてしまうくらい甘い。

最初出会った頃《ころ》のテオはピリピリしていて余裕がなく、私に対して不信感を抱いていたのに、今やこんなにもデレデレになってしまって。

それを言ったら私だって、誰かをこんなふうに特別にしてしまうなんてこと、想像もできなかったけれど。

2

私が王都にやってきてから四日目の朝を迎《むか》えた。

ガイラルト父娘《おやこ》についての報告は、昨夜のうちにミハイさまを通じティグニス陛下《へいか》のお耳へ届けていたけれど、日が昇《のぼ》ったのち私とテオから改めて陛下に告げた。

ところがティグニス陛下は腕を組んだまま口をへの字に曲げ、いかにも不機嫌《ふきげん》だと言わんばかり。

「俺の怪我《けが》も大したことありませんし、他に怪我人もいない。被害《ひがい》は最小限に抑えられたと思っています」

だから機嫌を直してください、と言外にテオが訴《うった》えるが、効果なし。

「テオフィルス……次の悪魔祓いは私も同席する、と伝えていたはずだが？　どうして勝手にしてしまうのだ」

「いや、あの場ではそうするしかなくて。昨夜もそうご報告したではありませんか」

ティグニス陛下がヘソを曲げている理由。それは、悪魔祓いを見学できなかったからだ。

「ご安心ください陛下。またすぐに、儀式《ぎしき》をご覧にいれてみせますから」

テオの隣《となり》で私が断言した。ギロリと陛下が睨《にら》みつけてきたので、逆に微笑《ほほえ》んでみせた。

先に目を逸《そ》らしたのはティグニス陛下の方だ。窓の外に目をやりながら、つっけんどんに言い放つ。

「……今日には神殿《しんでん》へ戻るのだろう？　一刻も早く帰ればいい。そなたらがいつまでもここにいるせいで、この後の計画に影響が出たら目も当てられぬ」

私はテオと顔を見合わせ、苦笑い。

「俺も、セルマたちとともにこのまま神殿へ向かいます」

では、と退室しようとすると、ティグニス陛下がテオを呼び止める。

「お前はここに残ってもよいのではないか？」

「……嫌です。離れている隙にセルマに何かあったら、一生後悔しますので」

昨日危ないところを助けてもらった手前、私からは何も言えない。

昨晩、私とテオが将来の約束をしたことは、ティグニス陛下にはまだ伝えられていない。とは言っても、テオのこの堂々とした振る舞いから、陛下も「何かあったのでは？」くらいには感じていることだろうけれど。

「それは随分《ずいぶん》と熱心なことだ。見ていると胸焼けしそうだから、早く行け」

私も膝《ひざ》を曲げ、陛下に辞去《じきょ》する。

「それでは、ティグニス陛下。諸々のご手配どうもありがとうございました。この後の成り行きを、どうぞ見守っていてくださいませ」

「もちろんだ。楽しみにしているぞセルマ殿《どの》」

「はい、ぜひご期待ください」

行きは私、ラーシュ、ヘルムートの三人だったが、今度はここにテオが加わる。賑《にぎ》やかな旅路になりそうだ。


「セルマさま、件《くだん》のご令嬢《れいじょう》がいらっしゃいました。そろそろですから、合図が出るまで、ここで静かにお待ちください」

翌日。とある部屋の一室で待機する私たちに、作戦開始が告げられた。

「わかりました。どうもありがとうございます」

私の頭にはヘッドティカが輝《かがや》き、胸にはロザリオ、それから法衣《ほうえ》。テオもラーシュもヘルムートもそれぞれの衣装を身に纏い、みな準備万端《ばんたん》だ。

そう、私たちは昨日の朝、教団マークの目立つ馬車に乗りフウル神殿へと向かった。しかし王都を出て森に入ったところで、事前に用意していた馬車に乗り換《か》えた。

教団の馬車は予定通り神殿へ。一方、私たちは乗り換えた馬車でこっそり引き返し王宮へ。その後現在まで丸一日、陛下に匿《かくま》っていただいたのだ。

こうまでしたのには理由がある。それは、本当の黒幕——悪魔を欺《あざむ》くためである。

私はずっと、サロがイェリンに指示を出し、予言を授けた悪魔だと思っていた。イェリンと行動を共にしていたガイラルト卿からも、サロが元凶だとする発言があった。

しかしサロが黒幕だとすると、どうしても私のプロファイルに齟齬《そご》が生じる。

デント邸《てい》の舞踏会《ぶとうかい》に軽々しく姿を見せたことを発端《ほったん》に、不動産や地理院の勤務記録からサロとガイラルト家との接触履歴《せっしょくりれき》を辿《たど》るのも容易《たやす》かった。

イェリンが私を偽者だとみなしたことはどうでもいいが、確証もなしに彼女の言葉を鵜《う》呑《の》みにした迂闊《うかつ》さ、軽率さ、警戒心《けいかいしん》の欠如《けつじょ》、知性のなさ……。

そして何より、サロに取《と》り憑《つ》いた悪魔を倒《たお》した時の、イェリンの表情。

イェリンが聖女を騙《かた》るためには、悪魔の力が必要だったはず。頭脳役がいなくなれば、当然イェリンはこれから先、聖女として振る舞うことができなくなる。

ところが昨夜、イェリンの愚行《ぐこう》が詳《つまび》らかになった際、彼女は頽《くずお》れも開き直りもせず、意味深にフッと笑ったのだ。消滅《しょうめつ》していく悪魔を見ても、一切動じていなかった。

そこで私はひらめいた。サロとは別に、ガイラルト卿も知らない悪魔憑《あくまつ》きがもう一人いるのではないかと。イェリンと接触したサロではなく、サロと接触していた誰かこそが、本当の黒幕ではないのかと。

現在陛下がおられる場所は、彼が個人的に誰かと会う際に使っている部屋だという。謁《えつ》見《けん》の間《ま》よりは狭く、けれど近衛騎士《このえきし》が複数名待機でき、来訪者とも一定の距離を保てる程度の広さがある。

私たちはその隣の控室《ひかえしつ》に固まって、静かに聞き耳を立てていた。

「――そなたがイェリン・ガイラルトか。自らを『黒聖女』と名乗り、人ならざる者と共謀《きょうぼう》し、我が民《たみ》を恐怖《きょうふ》に陥《おとしい》れていると噂《うわさ》の詐欺師《さぎし》」

「恐れながらティグニス陛下、わたくしは詐欺師などではございません」

「サロ・パルヴァに取り憑いていた悪魔と協力関係にあった、と我が弟から報告を受けたが、それが間違《まちが》っていたと申すか？」

「テオフィルス殿下《でんか》は、セルマに洗脳されております。セルマこそ詐欺師。わたくしが本物の聖女なのです」

私に斬《き》りかかってきた時のイェリンは、怒《いか》りに支配されていた。感情をあらわにし、私を殺し自分が聖女に成り代わるのだと宣《のたま》った。しかし今日は落ち着きはらい、なおも聖女は自分なのだと主張している。

「そなたは悪魔の力を借り、悪魔の言葉を女神の予言だと偽《いつわ》って人々に告げていたそうだな。しかしもう悪魔はいなくなったのだ、これ以上聖女のふりはできまい」

「いいえ、とんでもございません。ふりではなく、わたくしこそが真の聖女。これからも女神のお告げを正しく人々に伝えていきたいと思ってますわ」

いくら聖女で聖なる力を持っていても、人の心を読んだり、ましてや未来の予知なんかできるわけがない。実際のところ、聖なる力を持つテオは悪魔を見抜《みぬ》き屠《ほふ》ることしかできないのだし、そもそも未来予知ができたならば、女神ヲウルはメナヘムが悪魔となるのを事前に阻止《そし》していたはずだ。

「なるほど。その自信は、サロ・パルヴァに取り憑いた悪魔とは別にそなたを支援《しえん》する悪魔がいるところからくるのか？」

「…………はい？」

「ここにとある紙切れがある。これは、テオフィルスがコルチリーのガイラルト邸から持ち帰ったものだ。名と年齢《ねんれい》、病名などが書いてあるが、これはそなたが悪魔から受け取った『予言』では？」

陛下がイエリンに示しているのは、ガイラルト邸の暖炉《だんろ》からテオが見つけた便箋《びんせん》の切れ端。証拠隠滅《いんめつ》を図《はか》り燃やしたものの、燃えきれず残っていたのだろう。

陛下がすぱっと切り込んだ瞬間、イェリンの反応が遅れ、声が震えた。

「……それは単なる書き付け。女神の予言を覚えておこうと記したものです。悪魔になど心当たりもございません。聖女が悪魔と通じることは、絶対にあり得ませんから」

「では、どうして悪魔憑きのサロ・パルヴァがそなたのそばにいたのだ？」

「サロさまは、街道敷設《ふせつ》の件で父が親しくしていただけですわ。その縁で舞踏会にもご招待をしただけのこと。まさか彼が悪魔憑きだったなんて……」

イェリンの言い訳に、ティグニス陛下がフンと鼻で笑う。

「聖女なのに、そなたには悪魔憑きを見分けることができぬのか？　セルマ殿は見分けることも祓《はら》うこともできるのに？」

「……いえ！　あの悪魔はいずれわたくしが祓おうと考えておりました。油断を誘《さそ》い、わたくしに気を許した隙に……と様子見していたところ、セルマに先を越されたのです。彼女はナミヤ教の聖典を読める立場ですから、手順もそこで覚えたのでしょう」

「先ほどそなたは『彼が悪魔憑きだったなんて』と言わなかったか？　それなのに、『いずれわたくしが祓おうと』？　発言が二転三転しているが？」

「そうでございましたか？　陛下の気のせいでございましょう」

声の震えはすでに収まっている。明らかな失言をいけしゃあしゃあと陛下のせいにできるとは、私が思っていた以上にイェリンの肝《きも》は据《す》わっている。

「そなたの父も信者らも、そなたこそが詐欺師だと証言しているが？　コルチリー領にいる使用人たちに聞いても、同じ答えが返ってくるだろう」

「そうおっしゃいましても、わたくしが本物の聖女なのです。おそらくセルマが手を回し、わたくしを陥れようとしているに決まっております」

――結局私を悪者にしようとする流れは変わらないのね……。

「ほう。セルマ殿の方が、我々を騙している詐欺師なのだと」

「おっしゃるとおりです」

「そなたの考えでは、悪魔祓いは手順さえ知っていれば誰でもできるということだな。もしここで悪魔祓いをしてみせよと私が言ったとして、そなたはできると申すか？」

「ええ、もちろんですわ」

「それでは――」

そこへ、陛下の側近ミハイさまが声をかける。

「お話の途中《とちゅう》ですが国王陛下、スオラハティ卿がお見えになりました」

扉が開いた音に続いて、三つの音が入ってきた。スオラハティ卿はご高齢《こうれい》ということだから、二つは靴音《くつおと》で残りの一つは杖《つえ》をつく音だろう。

「国王陛下、この書簡は一体どういうことですか！　私を大臣から更迭《こうてつ》!?　なぜ！」

「そこに書いてある通りだ。そなたの部下である地理院の官吏《かんり》サロ・パルヴァが重大な規律違反《いはん》を犯《おか》した。よってその者を罷免《ひめん》するのに伴《ともな》い、そなたにも引責していただく。祭りが終わり次第《しだい》、新たな者を選任する。これまでご苦労であった」

「納得《なっとく》できません！　我がスオラハティ家は代々王家に仕え、先代のテレシア女王陛下を排斥《はいせき》することになった際も、ティグニス陛下を支持いたしました。それをお忘れになるとは、私をただの駒か何かだとでもお思いか!?」

こんなに近い場所にいるのに、スオラハティ卿のお顔を見られないのが残念だ。私が見たところで彼が悪魔憑きかはわからないが、恐れ多くも国王陛下に暴言を吐《は》くご老人がどんな表情をしているのか、興味本位で見てみたかった。

——まあ、彼が悪魔憑きなのは間違いないと思うんだけど。

陛下が告げる。

「ちょうどいい、イェリン。今ここで悪魔祓いを見せてくれ」

「…………は？」

「…………はい？」

二人の声が重なった。それに対し、陛下が「ん？」と無邪気に返す。

「先ほど己《おのれ》で申したではないか、自分にも悪魔祓いができるのだと。……いや、悪魔祓いは手順さえわかれば誰でもできるとも言っていたな。そなたが聖女であるなしに関わらず、できるということだろう？　そなたの言葉が真実なのだという証拠をここで見せてみよ」

「陛下、おっしゃる意味がよく……」

スオラハティ卿の戸惑《とまど》いに被《かぶ》せるように、イェリンが意見する。

「恐れながら陛下。スオラハティ卿は悪魔憑きではございません。何も憑いていないのですから、儀式を行ったところで悪魔を祓うことはできません」

「それはわからぬぞ。そなたには悪魔憑きを見分ける能力がないのだろう？　やってみたらどうだ、もしかすると悪魔が現れるかもしれぬぞ」

「…………っ」

サロがコルチリーのガイラルト邸に頻繁《ひんぱん》に通っている足取りを摑み、サロ自身のことも調べた際、私はある部分で引《ひ》っ掛《か》かりを覚えた。

スオラハティ卿との接点である。

彼は大臣であり、サロのいた地理院も彼の管轄《かんかつ》下《か》にある。しかしサロは幹部ではなく、むしろ新人に近い。いくら貴族の息子《むすこ》とはいえ、大臣と会うような立場にはない。

ところが、そんな彼は三ヶ月前、スオラハティ卿と会っていたのだ。しかもその時期というのが、私たちがアピオンさまに取り憑いていたファリエルを葬《ほうむ》った時期であり、イエリンが王都に出てきた時期。

最初は偶然《ぐうぜん》かと思った。しかしアピオンさまとスオラハティ卿は昔から懇意《こんい》にしており、王都へ行く度《たび》に面会していた。これはラーシュを通しエトルスクスさまに手紙で確認《かくにん》してもらったから間違いない。

そこで私はこう考えた。アピオンさまとスオラハティ卿は、悪魔同士ゆえに交流していた。とはいえ己の持てる情報全てを相手に明かしていたわけではなく――人間と同じように――、アピオンさまは私に聖女の魂が宿っていることを伏せていた。

ただ、スオラハティ卿は用心深く、聖女への対抗措置《そち》を水面下で計画する。

アピオンさまが急逝《きゅうせい》されたことで、彼は私が本物の聖女だと確信。そこでサロを通し黒聖女として仕込み中だったイェリンを呼び寄せ、聖女の地位を私から奪おうと行動に移したのではないか——と。

イェリンが答えに窮《きゅう》するなか、スオラハティ卿が噴き出した。

「ふはっ、陛下もご冗談がすぎる。悪魔祓いだのなんだの、突飛《とっぴ》な話もあったものですな！」

「突飛だからこそ、私は悪魔を見てみたいのだ。イェリンに悪魔祓いができぬのなら、別の人物にさせる」

——合図だ。

私たちが一斉《いっせい》に姿勢を正すと同時に、靴音が近づき、扉が開いた。私は満を持し、陛下たちのおわす部屋へと足を踏み入れる。

数名の近衛騎士隊員に、ティグニス陛下、ミハイさま、イェリン。そして、見知らぬ老人がスオラハティ卿か。

テオを横目で確認すれば、身を硬《かた》くして警戒《けいかい》しているのがわかった。それだけで、私は自分の推理が当たっていたことを確信する。

唖然《あぜん》とするイェリンに私はいつも通り微笑んでみせた。

「ごきげんようイェリンさん。それとスオラハティ卿、お初にお目にかかります。セルマと申します」

「……どういうこと？　四日目には帰るって、あなたそう言っていたわよね？」

「ごめんなさいね、少し予定が変わってしまったのよ」

イェリンの背後にいる悪魔が本当に狡猾で用心深い悪魔なら、絶対に私の前には姿を現さないだろうと思っていた。だから神殿に帰ったふりをして、その間に陛下に呼び出してもらったのだ。

もっとも、イェリンに告げた言葉にも嘘《うそ》はない。わざわざそう言って回ったのは、「もしも私に会おうとして神殿を訪れるつもりなら、王都から戻る四日目以降にしてくれ」という意味だった。その時点でまさか悪魔祓いに役立つとは思ってもおらず、まさに寝耳《ねみみ》へ水の果報。

陛下が私に問う。

「聖女セルマ殿、スオラハティ卿は悪魔憑きか？」

「はい、ティグニス陛下。悪魔憑きにございます。イェリンさんを唆し不吉《ふきつ》な言葉を託《たく》していたのも、この悪魔に間違いありません」

はっきりと声に出すと、スオラハティ卿が杖で床をカンカンと叩《たた》き、抗議した。

「陛下、この茶番はなんなのです！　私が悪魔憑き？　そんな根も葉もない――」

ところが彼が喋《しゃべ》り終わってもいないうちに、ティグニス陛下が近衛騎士に合図を出した。

壁際《かべぎわ》に控えていた騎士たちがすっとやってきて、スオラハティ卿を取り囲む。

「おい、やめろ！　なんだこれは！」

ヘルムートが杖を取り上げ床に膝をつかせた。両腕《りょううで》を背後でまとめ、陛下に向けて頭を下げさせる。

イェリンも騎士に両脇《りょうわき》を固められたところで、私は儀式に取り掛かる。

「女神ヲウルはおっしゃった。我は天へ、闇《やみ》の眷属《けんぞく》は根の国へ――」

口上を述べながら、彼の周囲に聖水を撒《ま》いた。スオラハティ卿が暴れようともがくが、ヘルムートは決してその手を放さない。

彼を連れてきてよかった。誰よりも悪魔祓いの経験を積んでいる修道騎士《しゅうどうきし》だからこそ、たとえ非力な老人であろうと油断してはならないとわかっているのだ。

「陛下、お下がりください」

「よい。ここで見ている」

そして、この人、ティグニス陛下。腰《こし》の剣《けん》に手をかけて警戒しているようだけど、その表情は生き生きとしていた。恐怖心が欠落しているかのように、これから起ることを心待ちにしているのだ。

スオラハティ卿は歯を食いしばり、口《くち》の端《はし》から泡《あわ》を垂らしながら、苦しそうに震えていた。と思ったら、突然《とつぜん》笑い出す。はははは、と腹の底から張られた声は、老人のものとは思えない。気味の悪さに顔が引き攣《ひつ》りそうになる。

「わかったわかった、降参だ。もうやめてくれ、女神の呪《のろ》いで強制的に脱がされるのはとても気分が悪いんだ。同じ服を着られなくなってしまうしね。長年着ていたから、愛着が湧《わ》いていて……と言ったところで、もう止めてはくれないようだね」

――その通りよ。

彼のもとに膝をついた。息を吸い、私は最後の一節を告げる。

「勇気を知れ。怖《こわ》さを知れ。万象《ばんしょう》を肯定《こうてい》する我らに幸《さち》あれ」

スオラハティ卿の肩《かた》に手を乗せた途端《とたん》、ダランと体は脱力《だつりょく》し、うなじから黒い霧《きり》が噴き出した。僅《わず》かに顔をこわばらせる陛下に私は説明と注意を告げる。

「ティグニス陛下、ご覧を。あれが悪魔です。間もなく悪魔本来の姿へと回帰し、我々に攻撃《こうげき》を仕掛《しか》けてくるでしょう。気を抜かぬように……！」

「セルマ」

テオが呼んだ。私は頷《うなず》き立ち上がり、彼のそばへ寄る。最後に、私には重要な役割が残されているのだ。

「テオフィルス。祝福の接吻《せっぷん》により、あなたに聖なる力を移譲《いじょう》します」

ティグニス陛下を始め、騎士たちの前である。しかしこれは単なる儀式。一瞬《いっしゅん》ちゅっと唇に触れればいい。

「テオ、あとは……お願い」

予定通り手短に済ませ、よろめく演技をして、私は部屋の隅《すみ》へと避難《ひなん》する。ここから先私の出番はないので、せめて邪魔にならないように安全な場所に逃げるのだ。ついでに火《ほ》照《て》る顔も隠しておく。

黒い霧が塊《かたまり》となって床の上に落ちた。不規則な脈動を繰《く》り返《かえ》しながらトグロを巻いた蛇《へび》の形を取り、短い脚《あし》を生やし、やがてそれは巨大《きょだい》なトカゲになった。ただし頭は人間のそれ。老人の顔に耳の近くまで口が裂《さ》けた、気味の悪い姿だ。

長い首の先についた頭を持ち上げて、まるであくびでもするように、天井《てんじょう》へ向けて雄《お》叫《たけ》びを上げる。その怪音で、窓ガラスにヒビが入った。

「人間を唆し、手足として使うのは名案だと思ったのだがね。ファリエルも、聖女が本物ならば最初から教えてくれればいいものを。生きたまま食ってみたかったのに」

目の前の悪魔からその名が出るということは、私が思っていた通りアピオンさまとスオラハティ卿は悪魔憑きとして面識があり、交流していたということだ。

「わたくしが悪魔祓いのできる本物の聖女だと知ってからも、イェリンさんやお仲間の悪魔にはその事実を伏せていたでしょう？」

自分の推理がどこまで正しいか確かめたくなり、私は悪魔に質問を投げた。

「当たり前だろう、この我《われ》があんな奴らを信頼するわけないじゃないか！　利用はしたが、お仲間だなどと言われたくないね。低脳が感染《うつ》りそうだ」

すぐさま答えが返ってきた。低脳、という言葉にイェリンが慄《わなな》いている。

「……テオフィルス、悪魔とは人語を理解するものなのか？」

平然と喋る悪魔を見て、陛下がテオに尋ねた。しかしテオが答えるよりも早く、悪魔がぐりんと顔を向けた。

「失礼だな、君は。我々も元は人間だ、人語を理解して当然だろう。先ほどまで人間を着て喋っていたのを忘れたのか？」

「会話が成り立つとは驚いたな」

ははは、と悪魔が穏やかに笑った。

「言っておくが、それだけではないぞ。人間の最期《さいご》を視《み》ることもできる。だからこそ、その娘には失望したよ。力を貸してやったのに、期待外れもいいところだ」

悪魔がイェリンを睨みつけた。鋭《するど》い視線に怯《ひる》むかと思いきや、イェリンは唾《つば》をゴクリと呑《の》み込み、悪魔に懇願《こんがん》をする。

「ミ、ミヌズエルさま、今回は少し手違《てちが》いがあっただけで、わたくしはまだやれます！だからもう一度、チャンスを――」

「気安く我の名を呼ぶな。己の愚鈍《ぐどん》さを認められず、引《ひ》き際《ぎわ》すら見極《みきわ》められぬとは浅はかな娘《むすめ》よ。サロも人選を誤ったな」

「そんな……」

イェリンの反応もろくに見ず、悪魔──ミヌズエルが陛下に告げる。

「レグルスレネト国王よ、我と契約《けいやく》しよう。我の能力を使えば、この国だけでなくさらに広域を己の支配下に置けるようになるぞ。どの国も意のままに操《あやつ》れる。どうだ、魅力的だとは思わぬか？」

「断る。私は悪魔には頼らぬ」

悪魔の囁《ささや》きに間髪《かんはつ》を容《い》れず、陛下はバッサリと切り捨てた。

「……聖女には頼るのに、我には頼らぬと？　あんな小娘《こむすめ》、我にかかれば一捻《ひとひね》りぞ」

「一捻りにされたのは貴様の方だろう」

一触即発《いっしょくそくはつ》の緊張感《きんちょうかん》。いくら聖男の実兄《じっけい》とはいえ、悪魔には太刀打《たち》ちできないはず。お喋りはここで終わりにして早く倒して！　とテオに合図を送ろうとした時、悪魔が動いた。

しかしテオも早かった。光る剣を抜き、陛下に迫《せま》る尻尾《しっぽ》を叩き切ったのだ。

「ああ痛い、これだから暴力は嫌《きら》いなんだ！　国王よ、どうして我に従わない？　一国ではない、世界をやろうと言っているのだぞ⁉」

ティグニス陛下も抜刀し臨戦態勢をとりながら、横目でテオに指示を出す。

「テオフィルス、やれ」

たん、と軽く床を蹴《け》り、悪魔の懐に飛び込むと、テオが剣を振った。金属並みに硬そうな体。しかし彼の剣には敵わず、スパッと真っ二つに割れた。悪魔の巨体《きょたい》がグラリと傾《かたむ》き、倒れる。

いつものごとく、切り口から崩壊《ほうかい》が始まっていく。こうなっては、悪魔に起死回生の手段はない。手も足も出ないまま、全てが灰になるのを待つのみ。

剣を鞘《さや》に戻しながら、テオが陛下に告げる。

「兄上、少々悪魔と喋りすぎです。セルマでさえ、あんなに話しません」

「そうなのか？　もったいない」

最期の瞬間が近づき、あぁ、と悪魔が嘆息《たんそく》を漏らす。

「我などよりヲウルを殺せばいいものを。救いようのない愚か者どもめ……」

ミヌズエルはあっという間に灰になった。しんと静まりかえる部屋の中、陛下がまず剣を鞘に戻す。

「……なるほど、これが悪魔、これが悪魔祓いか。セルマ殿、なかなか見応えがあった。感謝する」

「とんでもない。陛下にもご協力頂きましたから。これでおあいこでございます」

彼の口から素直なお礼の言葉が出るなんて、今日は雪でも降るのだろうか。

陛下も表情を綻《ほころ》ばせる。よほど満足したのか、とても上機嫌な様子だ。

「此度《こたび》の件は元々私から調査を依頼《いらい》したことだ。この程度の協力で貴重な体験ができたのだから、また手伝いたいくらいだな」

「ありがとうございます。機会があれば、ぜひ」

穏やかな会話をしながらも、私たちは同じ人物へと視線を向ける。

「それでセルマ殿、そのイェリンという娘は悪魔憑きでも聖女でもないのだな？」

ミヌズエルを失ったイェリンは感情の処理が追いつかず、床にへたり込んでいた。

「はい。イェリンは悪魔に利用されていただけの、平凡《へいぼん》なご令嬢です」

あえて「平凡」と付け足したことで、イェリンが正気を取り戻す。

「平凡……このわたくしが平凡ですって⁉　人をバカにするのもいい加減にしなさいよ！

テオフィルス殿下、その女が性悪《しょうわる》ってこと、誰よりもその女のそばにいるあなたなら、おわかりでしょう？」

「いいや、わからん。セルマは聖女。身も心もこの通り美しいが？」

テオがきっぱりと否定した。くすぐったいが、擁護《ようご》してくれるのはありがたい。

「どこがよ！　わたくしの大切なミヌズエルさまを奪《うば》っておいて、よくもまあそんなことが言えたものだわ！」

カッとなったイェリンを、陛下がギロリと睨む。

「仮にセルマ殿が性悪だったとしても、悪魔と手を組み人々を騙したそなたの行いの方がよっぽど許されぬことだぞ」

「そ、それは……」

「そこが明暗を分けたな。聖女のセルマ殿と、紛い物のそなたとのな」

イェリンをぐうの音も出ない状況に追いやってから、陛下は近衛騎士に指示を出し始めた。スオラハティ卿を客室へ、医師も呼べ、灰は回収せよ……などなど。

私も撤収《てっしゅう》の準備に取り掛かる。が、イェリンが往生際悪く吠える。

「おかしいわ、どうしてここにはセルマの肩を持つ者しかいないの？　目を覚ましてください、セルマは聖女とは正反対の女なのよ！」

目を覚ませと言われても、ここにいる者は全員、おぞましい悪魔を目撃《もくげき》したばかり。あれに与《くみ》していたイェリンの言葉に耳を貸す者など、この場にいるわけがないのだ。

みな遠巻きに、彼女が取り乱す姿を眺《なが》めている。ここは私が率先《そっせん》して、彼女を鎮《しず》めねばなるまい。

「みなさま、これ以上イェリンさんを責めないで差し上げてください。悪いのはイェリンさんではなく、悪魔。彼女は悪魔に洗脳され、利用されていただけなのです」

私は彼女のそばに膝をつき、肩にポンと手を置いた。

明確な敵意を向けられてもなお、深い愛で寄り添《よそ》おうとする私。「さすが聖女さまだ」とみなが思う振る舞いを息をするようにこなしながら、イェリンの耳元で小さく囁く。

「無様」

ラリィエリンがどう受け取るか、当然計算した上でのことだ。テオだけでなく、国王陛下すらおわす場での煽《あお》り。彼女にはきっと、私がとんでもない悪女に思えたことだろう。

予想通り、イェリンが逆上した。

「ふざけないでよ、このっ魔女《まじょ》‼　どれだけ人をおちょくれば気が済むのよ‼」

「きゃっ」

私に噛み付かんばかりに激しく暴れようとする彼女に、怯んだふりをして悲鳴の一つでも発すれば、イェリンは危険人物扱《あつか》いを受け両手の拘束がきつくなる。

「暴れるな、大人しくしなさい！」

「うぐ……っ、なんでよ、どうして誰もわたくしの話を聞いてくれないのっ！」

悔《くや》し涙を流しながら、肩で息をするイェリン。見かねたミハイさまが提案する。

「ひとまずセルマさまと引き離しましょう。その者を別室へ」

頭が冷えるまでということで、イェリンはヘルムートに連れられ出ていった。

およそ一時間後、私は性懲《しょうこ》りもなくイェリンのいる個室を訪れた。

「少しは落ち着いたかしら？」

彼女は私を見るなり、げんなりした様子でそっぽを向いてしまった。目が赤く腫《は》れているのは、相当泣いた証拠だろう。

涙を流すのはストレス発散にとても有効な手段だ。表情はまだぎこちないものの、攻撃性は落ち着いたようだ。

「ヘルムート、見張り役をありがとう。あとはいいわ、わたくしに任せて部屋の外で待っていてくださる？」

小ぶりな円卓《えんたく》を囲み、イェリンの正面に座った。ヘルムートが退室して扉がパタンと閉まったところで、イェリンがまず私に仕掛ける。

「聖女面《づら》はやめなさいよ、この猫被《ねこかぶ》りくそ女」

その程度の罵倒《ばとう》では、私は全く傷つかない。テーブルに肘《ひじ》をつき顎《あご》を乗せ、バカにするようにわざと笑った。

「あっは！　悔しいわよね、詐欺師だと思っていた女が実は本物の聖女で、悪魔祓いまでできちゃうなんてね。ほんっと、イェリンはダメね～。演技は大根、すぐ煽りに釣《つ》られるし、あなたが掘《ほ》った墓穴《ぼけつ》でそこらじゅう地面がデコボコなんだけど？」

艶《つや》やかな黒髪《くろかみ》が、かわいそうなくらい乱れている。騎士に摑まれた時に髪も巻き込まれたのか、ぐしゃぐしゃに絡《から》まって小さな毛玉までできていた。

一方の私はサラサラのまま。これ見よがしに髪を背中に払《はら》ってみせる。

「ミヌズエルとかいう悪魔のおかげで聖女っぽく見せかけることができたのに、演じきれなかったのはどう考えてもあなたの能力不足よ。身《み》の程《ほど》を知ることね」

「おまえに何がわかるのよ」

イェリンの敗北は明らかで、当然彼女にも自覚がある。だから反論はできず、代わりに精一杯の負け惜しみを呟いた。

「わかる。あなたのことなら全部わかるわ。……コルチリーの領主マクテヤ・ガイラルトの一人娘イェリン。十八歳」

「それくらい、誰だって知ってるわよ」

吐き捨てるようにイェリンが言ったが、まだまだこんなものではない。

「生まれてこのかた病弱な母親より優先された記憶《きおく》がなく、いつ何時《なんどき》も後回しにされることに寂《さび》しさを感じていた。それでもガイラルト家の後継《こうけい》として、いずれ婿《むこ》を取り家と領地を堅実《けんじつ》に守っていく責任があると考えていた」

母親の世話を焼く父親。父親に頼り切りの母親。両親の世界にイェリンは入れず、子どもとしてろくに甘えることもできないまま、彼女は大人にならざるを得なかった。

私はそのように推理したが、イェリンの表情を見る限り当たっていると言えよう。

「十二歳の時、王族のご一行が雨宿りのためガイラルト邸に一泊《ぱく》した。その時の王族とのわずかな交流を通し、あなたは王都や社交界に憧《あこが》れを抱くようになった。それと同時に貴族の嗜《たしな》みでもあるはずの社交の場へ出ようとしない父と、病弱だからと引きこもり続ける母に、少しずつ疑問と不満を抱くようになっていった」

病気を言い訳に社交を拒む両親が、イェリンの目には無責任に映っただろう。

「転機が訪れたのはそれから五年後。スオラハティ卿を伴ってサロ・パルヴァがやってきた。二人はあなたに正体を明かし、『聖女にならないか』と持ちかけた。聖女になればみなが注目してくれるし、今よりもっと世界が広がる。たくさんの人に愛され、みなの特別になれるのだと。そこであなたは二つ返事で了承《りょうしょう》し、あとは……このざまよね」

見ても聞いてもいないことを私がつらつらと語るので、イェリンは徐々《じょじょ》に恐怖を感じ始めたようだ。

「ど……どうしてわかるの？　誰にも話していないのに」

私は笑った。性格悪く見えるように。

「だって本物の聖女だもの、このくらいわかって当然よ」

正しくは観察眼と推理力を磨《みが》いたからこそできる芸当であって、聖なる力とは無関係だ。

「う、嘘よ。おまえみたいに性格の悪い聖女なんてあり得ないわ！」

「聖女に夢を見過ぎではなくて？　まずもって、余命宣告ばかりするくせに、死神じゃなく自分は聖女だとホラを吹いたあなたに言われたくないわね」

二度の悪魔祓いを果たした私を、もはやイェリンは「詐欺師」とは呼べまい。だから今度は性格の悪さを責めようと考えたのだろう。

「おまえだって人を騙しているという点ではわたくしと同じかそれ以上よ。こんなに性格が悪いのに、陛下も殿下もみんな騙されて、おまえのことを清廉潔白《せいれんけっぱく》な聖女だと思っている……」

もうあと一押しかな、と見計らっていたところなのに、ノックもせず了解も得ず、テオが勝手に入ってくる。

「俺は騙されていないからな」

彼は扉の向こうで聞き耳まで立てていたみたいだ。余計な口を挟《はさ》まれたくなくて一人こっそりイェリンのもとを訪れたのに、これでは計画が崩《くず》れてしまう。

「俺は全て知ったうえで、セルマを本物の聖女だと思っている。かわいくて強くて美しい、最高の聖女だと」

「正気ですか？　この女が……最高？　最低の間違いでは？」

——テオったら、余計なことを……。

「確かに、陛下のことは騙しているわ。そのことについては悪いと思わないでもない。でも、だから？　それで誰かが困っている？　ナミヤ教は人助けをしている。一人一人が欲《ほっ》した言葉をかけ、安らぎを与え、みなが幸せになるお手伝いをしているのよ。その一方であなたは不吉な言葉を使い、人々を恐怖で支配しようとしたわ」

イェリンの顔から血の気が引いていく。これまでにしてきた己の行いを、少しだけ冷静に振り返ることができたのだろう。でも、まだ改心には至らない。

「うるさいっ！　わたくしとおまえは同じよ！」

「てことは、イェリンさんもご自分を『猫被りくそ女』だと認めるのね？」

「うぐ、ち、違う！　それは……あの……っ」

イェリンが口籠《くちご》もったので、ここぞとばかりに畳《たた》み掛ける。

「もう諦めなさい。どうやったってあなたはわたくしには勝てない。しかもこの先協力してくれる悪魔がいないんじゃねえ？」

そもそも、ありきたりな承認欲求と悪魔ごときの協力だけで聖女が務まると思われたくない。信者も愚かではないから、イェリンが聖女になれたとしても、単なる人形にすぎないことは遅かれ早かれバレていたはずだ。

「言っておくけどあなた、ブレブレよ？　陛下の御前《ごぜん》での受け答え、あれは何？　悪魔憑きを見抜けるだの見抜けないだの……設定はどちらかに決めておきなさいよ。大体――」

ふわ、と側頭部に気配を感じた。視界にテオの手が現れ、それが私の口を塞《ふさ》ぐ。

「そのくらいにしておけ」

どういう意味？　と反論したいが、テオの両手が邪魔なせいで「もごもご」としか喋れない。

「イェリンも、セルマのことをこれ以上悪く言わないでくれ」

「どうして⁉　殿下も今の台詞《せりふ》を聞いていらっしゃいましたよね！　仮にセルマが聖女だとしても、本性は魔女。人を騙しているんですよ⁉　殿下こそ目をお覚ましください！」

「目は覚めてる。ずっと前に、セルマに覚ましてもらった」

……いよいよこの流れはまずい。私が目指した落とし所から離れてしまう。それにちょっと、立場がない。

「ならば言い方を変えよう。どうしてセルマがそなたにキツく当たるのかわかるか？」

腹に力を入れ、グイッとテオの手を引き離した。ようやく口が自由になる。

「テオやめて、もう黙って。これ以上はいいから」

「よくない」

続きは私が、と思うのに、テオは頑《がん》として譲《ゆず》らない。椅子《いす》にどっかりと腰掛《こしか》けて、イェリンの顔と己の顔を突《つ》き合わせる。

「いいかイェリン。セルマはそなたから恨《うら》まれることを承知で、こうやって悪者になっているのだ」

――ああ、もう。また面倒《めんどう》なことを……！

私はため息を吐き、頭を抱えた。

「これがセルマの素の姿でしょう？　よっぽど殿下も洗脳されているのでは？」

「では聞くがイェリン、そなたは正面切って間違いを指摘《してき》された時、その相手が誰であろうと素直に聞き入れることができたのか？」

「それは……」

口籠もるイェリンに、テオが頷く。

「難しかっただろうな。セルマはそれがわかっていたから、鼻につくほど余裕綽々《よゆうしゃくしゃく》な態度をあえてとったんだ。自分よりも圧倒的《あっとうてき》な力を示されたら、イェリンも諦めて身の振り方を改めざるを得なくなるだろうと。……そうだな、セルマ？」

「テオが口を挟まなくても、私一人で何とかなったのに」

頭を掻《か》きながら呟《つぶや》くが、テオのフォローは肩ぽんだけ。……足りない。

と思っていたらとんでもない追撃《ついげき》が来た。

「君は俺の最も大切な存在だ。悪く思われているのを放ってはおけない」

「それはちょっと誤解を生む言い方だから、もう少し、こう……抑えてくれない？」

大変ありがたい位置づけだけど、それをわざわざイェリンに伝える必要はなかった。しかしテオは堂々としたものだ。

「誤解？　何も誤解はないが？　俺が君を愛しているのは誰かに恥じることではない」

「ここでは恥じて！」

どうしてこうも毅然《きぜん》としていられるのか、それはそれで感心する。テオは頭を左右に振り、私に甘く微笑んだ。

「断る。絶対に恥じるものか。だが、セルマの強情《ごうじょう》で照れ屋なところも魅力の一つなんだよなあ」

「な⁉」

表情だけでなく、言葉も甘い。甘すぎて、熱すぎて、私の頬も炙られていく。

「……ほら、すぐ顔を赤くする。そんなかわいい顔、俺以外の男には見せるなよ？ みなたちどころにセルマに惚《ほ》れてしまうから」

「そ、そんなこと……ない、からっ」

何を言い出すんだ、とヒヤヒヤしながら俯《うつむ》いたが、彼の手が顎にかかり、私は上を向かされてしまう。目の前に迫るはテオの顔。心臓がぎゅんぎゅんに唸り始める。

「あるさ。セルマはもっと、自分がどれだけ魅力的なのか知った方がいい。こんなにかわいいのに誰よりも頭脳明晰《ずのうめいせき》で勇敢《ゆうかん》で、意志の強さにも惚れ惚れする。君の全てが美しく輝いて見える。俺はもう逃げられそうにない」

ベタ褒めしてくるテオに感化され、私も次第にフワフワしてくる。

「テオ……それを言うなら、私だって、もう……――」

突然耳に飛び込んできたのは、はあー、という音。イェリンがため息を吐いたのだ。そこで私は我に返り、イェリンの前だったことを思い出す。

イェリンは自嘲《じちょう》するように笑い、ぽつりぽつりと心情を吐露《とろ》し始めた。

「本当に、わたくし、何をやっていたのかしら。嫌な女におちょくられ、挙げ句の果てに目の前で殿下との熱愛シーンを見せつけられて……。あぁもう、セルマの言うとおりよ。聖女なんか夢見たわたくしがバカだった。田舎町《いなかまち》生まれだろうが貴族として、本来の責務《せきむ》である領地運営にもっと向き合うべきだった。わたくしったら両親に放置されたことをいまだに根に持って……はあ、もう、何をやっているんだか」

彼女の目にはうっすらと涙が浮《う》かび、今度こそ深い後悔と反省の色が見えた。テオのせいで色々と誤算はあったけれど、思いのほかいい具合に着地できたようだ。

「これもあなたの運命だったのでは？」

咳払いで体裁《ていさい》を整え尋ねると、不貞腐《ふてくさ》れたようにイエリンが溢《こぼ》す。

「嫌よ、こんな運命なんて。誰が受け入れるもんですか」

その返答を聞いて安心した。きっと彼女は大丈夫だ。

「そうね。受け入れなくていい。運命なんてあってないようなもの」

私も……と過去を語りかけて、やめた。私との共感より、彼女には自分と自分の未来にしっかり向き合ってほしかった。

「イエリンさん、自分の人生を誰かに任せてはダメ。特別な力なんてなくても、あなたにはあなたにしかできないことがあるはずよ。自分の境遇《きょうぐう》を誰かのせいにしてはいけない。ありのままを受け入れて、そこでまた一から始めればいいのよ。あなたならきっとやれる。

あなたのことを大根役者とは言ったけど、今思うとそんなに悪くなかったかも？」

人前に立ち聖女のふりをするイェリンを手強《てごわ》く感じたのも事実。ここで終わりだと諦めなければ、いつかイェリンにも救いが訪れるだろう。

「……そうかしら」

彼女の小さな囁きに、私は微笑みを贈《おく》る。

「絶対にそう。私は応援しているわ。あなたにも、女神の祝福を」

3

王都へやってきて五日目の午後、今度こそ私たちは神殿に帰ることになった。スオラハティ卿に取り憑く悪魔を祓ったその部屋で、旅立ちの前に陛下と対面する。

「セルマ殿、これで全て解決……ということでいいのだな？」

「はい。イェリンさん周辺の悪魔は片付き、彼女も己の過《あやま》ちを悔《く》いている様子。これ以上被害が広がることはないでしょう。コルチリーへは後日わたくしが伺《うかが》い、ナミヤ教の素晴《すば》らしさをみなさまに改めてお伝えしようと思っています。ですからそちらの対応は教団にお任せくださいませ」

ガイラルト領コルチリーには、いまだイェリンを聖女だとして信奉《しんぽう》する者も多い。今回は神殿へ戻るけれど、後日改めて洗脳解除と布教を兼《か》ねて訪れることにしている。

ティグニス陛下はうむ、と頷く。

「承知した。その代わり、パルヴァ家次男とスオラハティ卿は責任を持ってこちらで預かろう。彼らには話も聞かねばならぬからな」

悪魔祓い後意識の戻ったサロさまは、酷《ひど》く怯《おび》え聴取《ちょうしゅ》もろくにできないほどの取り乱しようだった。一方のスオラハティ卿は、長く取り憑かれていたせいだろう、意識が戻らないままだ。年若いご子息もいらっしゃることだし、アピオンさまのようにならなければいいけれど……。

「人間の中に潜《ひそ》む、という悪魔の性質上、今回祓った二体以外にも悪魔はいると考えてまず間違いないでしょう。ですから陛下、十分お気をつけくださいませ」

「わかった」

小さな悪さをするものから、命を奪う凶悪《きょうあく》なものまで。さまざまな悪魔が存在しているが、一体たりとも許してはならない。――というのは私の持論だが、今回の件で陛下との共通認識にもなった。

「ところでテオフィルス。私に何か言いたいことがありそうだな？」

心を見透かした問いに、テオが肩をびくつかせた。

何のことかはわかっている。私とのことだ。

テオの様子に気づいている時点で、ティグニス陛下がその内容まで見通していてもおかしくない。癪《しゃく》だが、そうだとするとここでグダつく意味もない。

「兄上。……いえ、ティグニス国王陛下」

陛下の前で、テオが膝をついた。二人揃《そろ》っていなくては格好が付かないだろうと思い、私もテオの隣に膝をつく。

「結婚したい相手がいます。……セルマです。すでに承諾も得ています」

私の背後でミハイさまやナジさまがおおっと驚いているのがわかった。テオの求婚を受け入れた身として、私もテオと同様に結婚の許しを兄陛下に請《こ》う立場だ。でも、そりゃあ驚くよね、と彼らに同情してしまう気持ちの方が強い。

テオからは緊張がひしひしと伝わってくる。きっと、ティグニス陛下に手厳しい言葉で反対されると思い込んでいるに違いない。考え直せだとか、正気かとか、場合によっては私との仲を引き裂かれるかも……と身構えているのだろう。

でも、私の予想では——。

「それはめでたい。ナミヤ教が信者から集める信仰心《しんこうしん》と、王族が民から集める忠誠心。お前たちが仲睦《なかむつ》まじければ睦まじいほど、太平の世は続くであろう」

予想どおりティグニス陛下は祝福してくださった。それに対し、テオがぽかんと口を開ける。

「……えっ？　兄上……俺が……え？　セルマとの結婚を……いくら反対されようが俺は、決して屈《くっ》しないつもりで……」

「反対はしない。祝福する」

「……あ、兄上？」

これもまた、予想通りの展開だ。陛下は楽しそうに笑っている。

「まさかお前は反対されたかったのか？　妙《みょう》な趣味《しゅみ》だな」

「違います！　ただ、兄上の手のひら返しが想定外で……」

手のひら返し？　と陛下が復唱し、わずかに眉間《みけん》に皺《しわ》を寄せる。

「短慮《たんりょ》なお前が後悔せぬよう、考える機会を与えただけだ。私としては賛成だ。王族と国教の結びつきが強くなれば、国はより安定する。私の治世はようやく四年、人間で言えばまだまだ幼年。国を強くする要素はとてもありがたいからな。とはいえ、私は頼まれても聖女との結婚などごめんだが」

知っています、と口に出しては言わない。こっちだって願い下げだが、それも言わない。

「それとセルマ殿」

「はい」

返事をし、顔を上げる。

「もしも弟が嫌になったら、容赦なく離縁《りえん》してくれて構わぬからな」

　ティグニス陛下は弟想いのいい兄だ。テオに「やめておけ」と言ったのも、彼を想ってのことだった。軽い気持ちで手を出すには、「聖女」という私の肩書《かたが》きは彼の負担となるだけだろう。それでもいいのか、わかっているのか、と改めてテオに考えさせたのだ。だというのに、私にまで逃げ道を用意するとは一体どういう魂胆《こんたん》なのか。

「ありがとうございます。ですが陛下、そんな日は来ません」

　もちろん私は断言した。テオほどに私を理解してくれる人とは、この先一生出会えないだろう。そう思っているのに、私自ら離別を選ぶわけがない。

　などと考えつつ陛下の返答を待っていたのに、彼は何も言わない。横にいるテオも沈黙《ちんもく》したまま、感極《かんきわ》まった表情で私を見つめているばかり。

　私は聖女。未来を予知し、人の心を読む聖女……ではあるけれども、二人の反応が思っていたものと違いすぎて、恥ずかしくなってきた。

「な、なんとか言ってください」

　か～っと顔が熱くなるのがわかる。いてもたってもいられなくなって、私は陛下に助けを求めた。

　にもかかわらず、取りつく島もなくティグニス陛下は大口で笑う。

「ははは、案外仲良くやっているんだな。そなたが私の義理の妹になるなど想像するだけで疲れそうだが、ひとまず安心した」

テオは私を見つめたまま、唇を噛みしめ感動の頷きを繰り返している。

「セルマ、君の想いはよくわかった……！　俺も、君と離縁する日は来ないと誓うっ！」

衝動のままテオが私に抱きつこうと飛びかかる。

「ええい、やめい！　公私混同‼」

慌てて立ち上がり、後ずさる。人前でラブシーンを演じることは避けられたが、焦《あせ》るあまり素が出てしまった。

こんな時は絶対に、ティグニス陛下を視界に入れることだけはしたくない。……どうせ底意地悪く楽しそうにニヤニヤしているだけだから。余計に恥ずかしくなるだけだから。

「弟がそなたを幸せにする。だからそなたには弟を幸せにしてほしい。……と言葉を贈ろうと思ったが、完全に余計な世話だったな」

ああもう、恥ずかしいったらない。

「はい、兄上！　お互《たが》いそのつもりですから！」

それ以上誰も何も言わないでくれ、と思っているのは私だけだろうか。早く神殿に戻りたい。山頂の、冷たい空気を目一杯《めいっぱい》吸って頭をガンガンに冷やしたい……。

4

「──それでは、本日の対話はここまでとしておきましょうか」

「はい。ありがとうございました、セルマさま」

あれから三ヶ月が経《た》った。

私とテオはティグニス陛下の許可のもとあっさりすんなり婚約《こんやく》し、国内へその旨《むね》のおふれが出された。でも、誰かと婚約したからといって、日々のお勤めは変わらない。

毎日決まった時間に起き、女神ヲウルに祈《いの》りを捧《ささ》げ、対話や読書、打ち合わせなどの業務をこなす。

「それと、セルマさまテオフィルスさま、ご婚約おめでとうございます」

唯一《ゆいいつ》変わったことといえば、こうやって信者たちからお祝いの言葉を贈られるようになったことだろうか。

「ありがとう。わたくしと彼の婚姻《こんいん》が、この国の豊かさに繋《つな》がることを祈っています」

いつも通り微笑みながら礼を告げ、陛下への見送りをテオに託す。

「今日の対話はこれで終了。夜まで来客もないから、あとは自由時間だな」

見送り、と言っても部屋の外までだ。すぐにテオは帰ってきて、秘書よろしく次の予定を教えてくれた。

じっ、とテオを見つめてみる。

凛々しい顔と鍛えられた体。まっすぐすぎる性格ゆえ、浮気の心配もないだろう。もちろん私だってしないし、これから先も今までどおり仲良くいられそうな確信もある。

でも、婚約なんかして本当によかったのだろうか？　という疑問は、いつまでも私の中で漂《ただよ》ったまま消えそうにない。

「セルマ？　どうしたんだ、そんなに見つめたら俺の顔に穴があくぞ？　なんてな」

全っ然面白くない冗談を飛ばしながら、上機嫌のテオが私の隣に腰を下ろす。

つやつやの金髪《きんぱつ》も、らんらんと輝く瞳《ひとみ》も、私にはないものだからとてもまぶしく感じる。要するに、面倒な言い回しをしなくても、単純にテオはかっこいいのだ。

「……セルマ？　大丈夫か？」

私が沈黙したままなのを不審《ふしん》に思ってか、テオがずいっと顔を寄せた。

「あっ大丈夫、私なら大丈夫だから！」

立ち上がり、テオに背を向け窓を見た。遠くの景色を眺めながら、深呼吸を繰り返す。

結婚はこれからだとはいえ、すでに婚約したことは国民全員の知るところ。ここでひっくり返そうものなら、たくさんの人々に甚大《じんだい》な迷惑《めいわく》がかかる。

だというのに、この期に及んで私は悩みを抱いていた。

――もう後戻《あともど》りはできない。でも大丈夫、大丈夫よ……！

テオに対し、結婚結婚言うくせによくわかっていなそうなんだよなぁ～、と不安な気持ちを抱いていたはず。わかっていないテオ、わかっている私、という構図が頭の中にあったのに、実際婚約に至ってみると、わかっていなかったのは私だった気がして辛い。

ふと振り返ると、テオがすぐそばに迫っていた。せっかく呼吸と心拍数を落ち着けたのに、また元《もと》の木阿弥《もくあみ》と帰す。

「セルマは、俺たちの関係が進むことが怖いのか？」

「そんなこと……っ、べ、別に」

怖いのだろうか。怖いのかもしれない。まだこの未成熟《みせいじゅく》な感情の集まりが何なのか明確に感じ取れるまでに至っていない。

でも、どうしてか張本人の私を差し置き、テオにはわかっているらしい。

「怖くてもいい。俺がいるから、一緒に乗り越えていこう」

「またそうやって、無責任に――」

「乗り越える」と言ったって、全てがうまくいくとは限らない。むしろうまくいかない方が多いことだってある。

テオは考えていないまま、力技《ちからわざ》で押し通そうとする。私が隣でどれだけ気を揉《も》んでいるか知らず。――と糾弾《きゅうだん》しようかと思ったが、やめた。

私はとことんまで考えるタイプ。起こりうる問題を何パターンも考えて、それからやっと重い腰を上げることが多い。

一方のテオは真逆。教団に飛び込んできたのだってそうだ。

でも、それでテオは窮地《きゅうち》に追い込まれただろうか。私に振り回されはしたが、こうやって今日も元気に無駄な自信をダダ漏れさせていやしないか。

――ああ、そうだった。こういうところが私にはなくて、眩《まぶ》しく見えたのだ。

「……なんでもない。わかったわ、一緒に乗り越えていけばいいのよね」

怖いとか、不安だとか。これまでは一人でなんとか解消させてきたけれど、これからは分かち合えばいい。喜びも苦しみも分け合うのが夫婦《ふうふ》、とはよく言ったもので、私もテオと共有し心を軽くすればいいのだ。

テオがキョトンと私を見つめる。首を傾げてみせるとテオが不思議そうに零《こぼ》す。

「セルマがいつになく素直だ」

「私だってたまには素直になるわよ。……素直でいたいとは、常に思っているけれど」

テオと違って、私は自分の気持ちをうまく伝えられていない。いつも逆ギレみたいにしか言えない。まともにきちんと言えたのは、プロポーズの返事くらいだ。

――もしかして、今が転換期《てんかんき》？　今こそテオに「好きだ」って伝えるチャンス？

私は気づき、この機を逃すまいと意を決して息を吸った。

「……ん？　どうしたセルマ、俺に何か言いたいことでも？」

「私、あなたのことが…………す……」

「す？」

口をすぼめ、テオが私の真似《まね》をした。

――こいつ、絶対わかってる。わかっていて、やっているのだ。そうじゃなかったら、こんなに生き生きとしていない！

しかしすでに乗りかかった船。もうあと一文字を言えば終わるのだ。何もかも放棄《ほうき》したくなるのを堪《こら》え、私は歯を食いしばる。

「…………き」

恥ずかしさにどんどん背筋が曲がっていき、顔も俯いてしまった。両サイドの髪が垂れ、好都合なことに私の赤い頬を隠してくれた。

……のに、テオがわざわざ髪を一房《ひとふさ》耳にかけた。

「き？　何だ？　はっきり言ってくれないとわからない」

せっかく立ち上がったのに、私は手を引かれ再びソファに座らされた。もちろん隣にはテオ。ソファの背もたれに腕を乗せ、まるで私を見下ろしているみたいに楽しげにニヤニヤと笑っている。

――私の反応を楽しんでいるみたい。……おかしい。そのポジションは私のものだったはずなのに。これじゃ、形勢逆転しているみたいで納得がいかないんだけど⁉

しかしせっかく告白をすると決意した手前、ここでうやむやにはしたくなかった。また改めてこの恥辱《ちじょく》を経験するより、一度で済ませた方が負担も軽く済む気がした。

グッと堪え、私はテオを見つめた。睨みつけるみたいになったけれど、細かいことはこの際無視する。

「すき。あなたのことが好きだと言ったの！　大切に想っているのよ。……こう見えて」

心拍数《しんぱくすう》の増加。血圧の上昇《じょうしょう》。と同時に、全身から噴き出す汗《あせ》。

平常時とは異なる自分が猛烈に恥ずかしく思えて、私はまた俯いた。

「セルマが初めて自分の気持ちを伝えてくれた……」

「初めてじゃないわよ」

小出しにはしていた。「好き」と言ったのは初めてだけど。

「いいや、初めてだ。このことに関しては、俺の方が記憶力が優《すぐ》れているからな」

「何よそれ」

私の口から笑いが漏れた。ふふっと、ごく自然に。その流れで、自然に顔が上がった。

さっきニヤニヤと私を揶揄《からか》っていたように見えたはずのテオの顔は、とても嬉しそうなホクホクの笑顔《えがお》に変わっていた。いや、ニヤニヤは私が勝手に曲解していただけかもしれない。そもそもテオは、誰かを馬鹿にするような人間ではないのだ。

体から一気に力が抜けて、テオの笑顔を見ていたら私も自然と頬が緩んだ。

「セルマ、ありがとう。愛してる」

まだ言われ慣れていないけど、そのうち慣れるのだろうか。愛していると言われても、一切《いっさい》動じず仁王立《におうだ》ちでもして「私もよ」と堂々と返せる日が来るのだろうか。
……それはそれでちょっと違う気もするけれど。
テオが顔を近づける。二秒に一回くらい、彼の視線が私の口元に向かう。
きっとテオは触れ合いたいのだ。
とりあえず、部屋には私とテオの二人。誰かに見られるでもない。公私混同は嫌だけど
……今回だけ、と私は目を閉じた。
ささやかな衣擦《きぬず》れの音と、まもなく感じる唇の柔らかさ。
が、私はすぐに身を反らした。勢い余ってソファの肘置きにゴンッと頭をぶつけたが、
痛みを感じるどころじゃない。
「……っぶえ⁉　な、なん、なんで舌入れる⁉」
唇が触れるだけのキスも、舌を絡ませる情熱的なキスも、どちらもキスに違いない。そ
してまだ拙《つたな》いながら、両方ともに経験はある。
でも、今回私が許したのは前者。何も言っていないけど、それくらいは察してほしい！
ところがテオは悪びれもせず、上機嫌に首を傾げる。
「なんでって……愛してるから？」
「どうして疑問形なのよ、知らないわよ‼　もう、ほんと、信じられない‼」
そもそもここは聖女の執務室《しつむしつ》であって、今は聖女業の真っ最中なのであって。距離を取

るべく立ち上がり、ここぞとばかりにそれっぽい屁理屈《へりくつ》を捏《こ》ね私はテオを糾弾した。

「あはは、愛してるよ」

効果はなし。楽しそうに、私の毒気を抜く笑顔をせっせと量産している。

「もう……テオのばか」

「セルマになら何度罵《ののし》られてもいい。その分俺がセルマを愛してるってことをわからせるだけだから」

「……‼」

天然王弟殿下の前に完全敗北。調子がくるうけど、悔しいことにこの雰囲気《ふんいき》は嫌いじゃない。

認め、受容すること。これを説いた女神ヲウルとは、なんと偉大《いだい》なのだろうか。私がその域に達するには、まだまだ時間がかかりそうだ。

おしまい

あとがき

本書をお手に取ってくださり、どうもありがとうございます。作者の葛城阿高《かつらぎあたか》です。

本物の聖女じゃないとバレた～の二巻、いかがでしたでしょうか。

一巻刊行の際にはまだ、二巻に進めるかどうかわからない状況《じょうきょう》でした（売上で決まるので）が、もしも二巻を出せるなら絶対にこの人を登場させよう！　と心に決めていたキャラクターがいました。それは、テオのお兄ちゃんことティグニス。

今回書きたかったシーンの一つが、ティグニスによるテオの父兄《ふけい》参観シーンです。冒頭《ぼうとう》のあたりですね。

だからこそ一巻の電子書籍《しょせき》の特典にはティグニス（とヘルムート）が登場する二巻の前《ぜん》日譚《じつたん》のような短編を書き、来《きた》るその日に備えていました。そしてこの度《たび》念願叶《かな》って二巻のゴーサインが出て、セルマとの絡《から》み、テオとの絡み……たくさん書くことができました。ご購入《こうにゅう》くださった方、どうもありがとうございました！

ティグニスは頭の回転爆速《ばくそく》の揚《あ》げ足《あし》取り大好きマンなのでセリフには気が抜《ぬ》けませんでしたが、私はマッチョ以外にも否定形の「～ない」を「～ぬ」と言っちゃうキャラクターが大好きなので、彼にどんな嫌《いや》みを言わせようかととても楽しかったです。

イラストは引き続き駒田《こまだ》ハチ先生に描《か》いて頂きました。表紙からして「俺たち最高のバディ！」って感じでワクワクしてしまうのですが、挿絵《さしえ》もまたすこぶるよき！　テオの笑《え》顔《がお》、ドレス姿、お互《たが》いに見惚《みほ》れ合う二人……そして、お、お兄ちゃんんん‼（また言ってる）

完璧《かんぺき》超人《ちょうじん》美青年ティグニス！　テオとは正反対の性格ですが、だからこそティグニスは何事にもひたむきに努力するテオを認めていて、そんな弟がかわいくて仕方ないのかなあ、と微笑《ほほえ》ましく思っています。駒田先生、どうもありがとうございました！

担当さまにも大変お世話になりました。作者の私以上にキャラクターを深く理解してくださり、「こういうことでは？」というアドバイスがいつも恐《おそ》ろしく的確。この方なくしては作品が仕上がらなかったと思えるほどの、私にとって必要不可欠の大切な方です。本当に本当に感謝しています。どうもありがとうございました！

読者のみなさまにおかれましても、本作にお付き合いくださり、どうもありがとうございました。三巻になるか別の作品になるのかわかりませんが、またお会いできますと幸いです。今後とも楽しい作品、面白《おもしろ》い作品をお届けできるよう、頑張《がんば》ります！

葛城阿高

2巻発売
おめでとうございます！
2023.4

■ご意見、ご感想をお寄せください。
《ファンレターの宛先》
〒102-8177 東京都千代田区富士見 2-13-3
株式会社KADOKAWA ビーズログ文庫編集部
葛城阿高 先生・駒田ハチ 先生

ビーズログ文庫

●お問い合わせ
https://www.kadokawa.co.jp/ (「お問い合わせ」へお進みください)
※内容によっては、お答えできない場合があります。
※サポートは日本国内のみとさせていただきます。
※Japanese text only

本物《ほんもの》の聖女《せいじょ》じゃないとバレたのに、王弟殿下《おうていでんか》に迫《せま》られています 2

葛城阿高《かつらぎあたか》

2023年 4 月15日 初版発行

発行者 山下直久
発行 株式会社 KADOKAWA
〒102-8177 東京都千代田区富士見 2-13-3
(ナビダイヤル) 0570-002-301
デザイン Catany design
印刷所 凸版印刷株式会社
製本所 凸版印刷株式会社

ISBN978-4-04-737429-4 C0193

定価はカバーに表示してあります。
◇◇◇